유령스펨

우리문고 31
유령 스펙 2024년 10월 2일 처음 펴냄 | 지은이 김동환 | 펴낸이 신명철 | 편집 윤정현 | 영업 박철환 | 관리 이춘보 | 디자인 최희윤 | 펴낸곳 (주)우리교육 | 등록 제 2024-000103호 | 주소 10403 경기도 고양시 일산동구 정발산로 24 | 전화 02-3142-6770 | 전송 02-6488-9615 | 홈페이지 www.urikyoyuk.modoo.at

ISBN 979-11-92665-75-7 43810

*이 책 내용을 쓰고자 할 때는 저작권자와 출판사의 허락을 받아야 합니다.
*잘못된 책은 바꾸어 드립니다.
*책값은 뒤표지에 표시되어 있습니다.

유령 스펜

김동환 지음

우리교육

등장인물 소개

"유령 스펨을 만든 게 어쩌면 스펨들일지도 몰라."

성구 _ 주변부 학교의 얼마 남지 않은 잔류파. 1년 전 자율주행차가 일으킨 교통사고로 엄마가 돌아가신 후, 아무도 처벌받지 않은 현실을 받아들이지 못한다. 그때부터 자율주행차나 스펨에 대한 공포증이 생겼고, 동시에 최근 주변부에서 일어나는 사고와 스펨이 연관이 있을 거라는 음모론에 빠져 정보와 증거를 모으는 데 몰두한다.

'손이면 돼. 네 손이면 돼.'

신우 _ 한 부모 가정의 장남. 아빠가 할아버지와 격렬하게 말다툼하다가 쓰러지고 1년 만에 돌아가셨다. 엄마가 경제활동을 전혀 하지 않는 바람에 부유한 할아버지가 보내주는 돈으로 살아가는 대신 한 달에 한 번 의무적으로 만나고 있다. 한 살 차이 나는 동생을 다정하게 보살피면서 시도 쓸 정도로 할아버지와 관련된 일만 아니라면 분노와는 전혀 상관없는 온화한 성격이다.

'스펨이 이렇게 무서운 거였나?'

동혁 _ 잔류파 친구들이 가장 소중한 평범한 청소년. 주변부에 사는 자신의 미래는 그리 희망적이지 않다는 걸 알지만 좌절하지 않고, 꼬인 데도 없는 유쾌한 성격이다. 하지만 비가 내리던 어느 날, 지하철 플랫폼에서 공업용 스펨과 있었던 묘한 경험 때문에 스펨에 대한 생각이 180도 바뀌어 버린다.

'그날 자율주행차는 더 많은 생명을 구했어.'

정연 _ 성구, 신우, 동혁과 같은 학교 동급생으로 역시 잔류파. 야간에는 편의점에서 스펨 보조 알바를 하고 아침에 등교한다. 그래서 학교에 있는 낮에는 주로 책상에 엎드려 잠에 취해 있는 편이다. 나른해 보이는 몸 상태와 달리, 주변 사람들의 달라진 심리를 가장 빨리 눈치챌 정도로 마음 씀씀이가 세심한 편이다.

"원하는 걸 얻기 위해 희망을 품고 반복하는 게, 어쩜 우리에겐 유일한 방법 같거든."

유이 _ 백혈병을 진단받고 암센터에서 2년간 투병 중이다. 마음이 답답해질 때면 암센터 옥상 정원으로 올라가 바람을 쐬며 마음을 달래고, 정신이 맑을 때는 시를 쓰면서 시간을 보낸다. 하루에도 수십 번씩 용기와 절망 사이를 오가며 언제일지 모르는 자기의 마지막 날을 기다린다.

"자유란 원래 이렇게 두려운 건가요?"

일삼 _ 유이가 옥상 정원에서 만난 베타 버전 스펨. 가족 없는 주인이 사망할 때 유품 리스트에서 누락되는 바람에 미아가 되어 떠돌다가 암센터 옥상 정원으로 오게 된다. 병원에서 유이와 대화하면서 사람의 감정과 행동, 여러 가지 개념 등 궁금했던 것들을 학습한다.

등장인물 소개 004

3. 주인 잃은 스펨 2044년 8월 20일 [15:30] 022

6. 집 없는 사람들 2044년 8월 20일 [16:20] 050

9. 면벽 2044년 8월 21일 [07:30] 069

차례

010　2045년 10월 10일 [07:40]　다음 표적 .1

016　2045년 10월 9일 [17:58]　저녁 식사 .2

034　2045년 10월 9일 [17:00]　스펨 인 알리움 .4

039　2045년 10월 10일 [07:50]　유령 스펨 .5

056　2045년 10월 10일 [08:30]　전학생 .7

064　2045년 10월 10일 [09:00]　폭발 .8

075　2045년 10월 10일 [09:30]　무너진 학교 .10

085　2045년 10월 10일 [11:00]　악몽보다 악몽 같은 .11

12. 확률 2044년 8월 22일 [09:00]   096

15. 거짓 욕망 2044년 9월 4일 [16:00]   122

18. 눈에는 보이지 않는 2044년 9월 8일 [11:00]   145

21. 마음의 탄생 2044년 9월 15일 [10:00]   175

103 2045년 10월 10일 [16:00] 시인 .13

108 2045년 10월 10일 [18:00] 공격 모의 .14

130 2045년 10월 10일 [21:00] 죽음의 공포 .16

136 2045년 10월 10일 [22:00] 구조대 .17

152 2045년 10월 11일 [03:00] 갤럭시 로보틱스 .19

160 2045년 10월 12일 [06:20] 리셋 .20

작가의 말_ 청소년이 하고 싶지 않은 일을 하지 않게 될 날을 기다리며 188

1. 다음 표적

2045년 10월 10일 [07:40]

길에서 스펨을 마주칠 때마다 성구는 지나치게 놀라곤 했다. 지나던 사람들이 다 이상하게 쳐다볼 정도였다. 요즘 성구 눈엔 거리의 모든 스펨이 예사롭지 않아 보였다.

"위험 물질 운반 중입니다! 실례합니다! 위험 물질 운반 중입니다! 고의로 스펨의 진로를 방해하다 생긴 피해는 책임지지 않습니다."

저만치서 자기 몸집만 한 짐을 짊어진 스펨 한 대가 마주 오고 있었다. 그걸 보자마자 성구는 바로 옆 골목으로 몸을 숨겼다. 연식이 오래된 모델인지, 투박한 음성과 철컹거리는 걸음 소리가 갑자기 무슨 사고라도 일으킬 것처럼 멀리서도 위태롭게 들려왔다.

스펨이 사라지길 기다리면서 성구는 또다시 엄마의 죽음을 떠올렸다. 엄마의 사고는 어쩌면 하루에도 수차례씩 일어나는 평범한 일일지 몰랐다. 하지만 어쩌다 하필이면 엄마가 그런 사고의 희생자가 되어야 했는지, 생각하면 성구는 가슴이 꽉 막혀 왔다.

엄마는 1년 전 자율주행차에 치여 목숨을 잃었다. 성구에게 가장 소중했던 사람의 죽음. 누구도 처벌받지 않았던 그날의 사고. 대체 누굴 원망해야 할까? 그때부터 성구는 거리를 메운 자율주행차들이나, 사람들 사이를 오가는 스펨들을 아무렇지 않게 바라볼 수가 없었다. 심할 땐 갑자기 숨이 가빠지고 식은땀이 줄줄 흘렀다. 자율주행차에 대한 공포는 어느 순간 모든 기계에 대한 공포증으로 바뀌어 있었다.

마침내 짐꾼 스펨이 성구의 눈앞을 지나쳐 갔다. 인간보다 월등한 힘을 가진 존재, 마음만 먹으면 언제든 인간을 해칠 수 있는 존재가 수시로 인도를 걸어 다닌다는 사실이 성구는 두려웠다. 놈들에게 아직 마음이란 게 없어 다행이지만, 따지자면 엄마를 해친 자율주행차에도 마음은 없었다. 언제까지 이런 두려움 속에 살아야 할까. 추운 날씨가 아닌데도 성구는 팔에 소름이 돋고 어깨가 떨렸다.

성구의 아침 등굣길은 점점 힘들어지고 있었다. 등굣길에 마주치는 스펨 대수가 몇 년 사이 눈에 띄게 늘어났기 때문만은 아니었다. 어쩌면 스펨과 연관됐을지 모르는 테러범의 존재 때문이었다. 그리고 그놈이 이제 학교를 노리기 시작했다는 사실 때문이었다.

한 달 전 첫 사고 이후 지금까지 주변부에서만 열 곳이 넘는 건물이 무너졌다. 하나같이 비어 있는 것이나 마찬가지였지만 전날까지 멀쩡하던 건물이 하룻밤 새 흔적도 없이 사라지는 사고가 잇따르자 사람들은 엄청난 불안에 휩싸였다.

물류창고, 도서관, 공사 중인 아파트, 체육관 그리고 학교. 무너진 건물의 종류는 다양했다. 한 번을 제외하고는 모두 한밤중에 일어났다는 점, 다행히도 처음 몇 차례는 부상자나 희생자가 전혀 없었다는 사실 등이 한동안 뉴스에 오르내렸지만 경찰이나 소방, 그 외 어떤 전문가도 실마리를 잡지 못하고 시간만 흘렀다. 가까이서 사고를 목격한 사람이나 제대로 된 CCTV 영상도 남아 있지 않았기 때문에, 아직 언론에서도 사고나 사건이란 표현을 아무렇게나 혼용해서 불렀다.

이런 큰 사고 소식이 태어나 처음이었던 성구 또래 아이들도 사고의 실체에 대해 저마다 이견이 분분했다. 대부분은 황당하고 유치한 음모론일 뿐이었지만 성구는 작은 소문 하나도 허투루 넘기는 법이 없었다. 성구는 뉴스에서나 친구들에게 들은 얘기 중 인상적인 건 꼭 적어 놓고 몇 번씩 곱씹었다.

그래봤자 가설의 근거와 그 근거의 가설이 무한 반복되는 식이었지만 성구에겐 중요한 일이었다. 사건에 대해 추리를 이어갈수록 이 모든 게 스펨과 연관됐을지 모른다고 느껴졌기 때문이었다. 그때부터 성구는 사고가 점차 사건이 되어 간다고 생각했다. 사고란 건 처음부터 없었던 건지도 몰랐다.

그러다가 최근 다시 주변부 학교 두 곳이 무너졌고 이때부터 상황은 급변했다. 최초로 희생자가 나온 것이다. 하루걸러 일어난 이번 사건에서 효선고 다섯 명, 경국고 열한 명, 이렇게 모두 열여섯 명의 아이가 목숨을 잃었다. 적지 않은 숫자였다. 언론은 더 이상 사고라는 말을 쓰지 않았다. 대신 참사나 테러라고 썼다.

주변부 사람들은 큰 충격에 빠졌다. 그들은 이전까지의 붕괴가 밤에만 일어났기 때문에 그나마 안심하고 있었던 게 사실이었다. 하지만 이로써 범인이 밤낮을 가리지 않는다는 게 밝혀졌고, 사람들은 자연스레 오래전 있었던 테러나 전쟁을 떠올렸다. 동시에, 전조 현상이 있었음에도 미리 대비하지 못한 정부를 비난하는 목소리가 커져 갔다.

지난주에 무너진 경국고는 성구네 학교에서 불과 3킬로미터밖에 떨어지지 않은 곳이었다. 두 개 학교에서 부상자 없이 사망자만 열여섯 명. 생존자가 없었으므로 이전 사건들처럼 단서가 될 만한 증거도, 목격자도 없었다. 다만 인근 지역 사람 상당수가 폭발 소리를 들었다고 증언했고, 현장으로부터 먼 지역 CCTV 몇 대에서 희미한 폭발의 증거가 포착되기도 했다. 희생자들은 장례 전 모두 부검을 거쳤는데, 아직 결과는 발표되지 않았다. 이상한 점은 무너진 건물 내부에서 발견됐다고 하기엔 희생자의 시신이 너무 온전하고

깨끗했다는 것이었다. 사람들은 정부가 무언가 숨기고 있다고 했지만 이렇다 할 근거는 없었다.

사람이 없는 시간 빈 건물만을 노렸던 때와 달리, 두 사건은 훈련 때문에 늦게까지 학교에 남았던 운동부 학생들을 덮쳤다. 지금껏 없던 희생자가, 사건 시간이 달라지면서 생겨났다는 사실은 성구의 추리에 힘을 실었다.

성구는 희생자가 없었던 밤의 사건들을 테러범의 예행연습이라고 생각했다. 성구는 각각의 사건에서 벗어나 일련의 사건에서 하나의 패턴을 찾고자 했는데, 무너진 건물의 규모가 점차 커진 점, 밤에서 점차 낮으로 범행 시간대가 옮겨 온 점은 결국 대규모 희생자를 낳을 테러의 연습으로 보였다. 성구가 맞았다면 이다음엔 누가 보아도 명확한 테러가 일어날 것이다. 그리고 그 배후는 반드시 스펨이 연관돼 있을 거라는 게 성구의 결론이었다. 거기엔 얼마 전 동혁에게 들은 '유령 스펨'에 대한 소문도 큰 몫을 했다.

경찰 수사가 더디다 보니 뉴스에서는 연일 전문가들을 동원해 참사의 이모저모에 대해 떠들어 댔다. 아직 밝혀야 할 의혹이 한둘이 아니었다. 그들은 각 사건의 공통점이나 연관성을 찾으려 했지만 워낙 정보가 부족해 여의찮았고, 나중엔 오히려 사람들의 합리적 의심을 막는 듯한 인상을 주었다.

성구 생각엔 사건들이 왜 주변부에서만 일어나고 있는지와 대체 테러범의 목적은 무엇인가, 이 두 가지를 알아내는 게 가장 시급해 보였다. 다음 표적은 성구네 학교일지도 몰랐다.

2. 저녁 식사
2045년 10월 9일 [17:58]

신우는 약속 시간보다 일찍 도착해 근처에서 미적거리는 중이었다. 할아버지 댁에 단 1분이라도 일찍 들어가는 게 싫어서였다. 담 너머로 잘 가꾼 정원이 들여다보이는 다른 집들과 달리 할아버지 댁은 마치 성벽과도 같은 거대한 담으로 둘러싸여 있었다. 죽기보다 오기 싫은 곳이었지만 엄마와 신우, 동생 병우 이렇게 세 식구가 또 한 달을 살아가려면 어쩔 수 없는 노릇이었다.

얼마면 남에게 이런 일을 대신하게 할 수 있을까? 만약 그럴 돈이 있다면 굳이 여기 올 필요도 없었겠지, 신우는 생각했다.

"신원이 확인되었습니다."

대문 앞에 서자 인식 장치가 반응하더니 사람 몸통만 한 두께의 철문이 요란한 모터 소리를 내며 옆으로 밀려났다. 문 안쪽에는 방범용 스펨 두 대가 나란히 서 있었다. 신우가 도착하기 전부터 그 자리에 있었던 듯했다. 지난번 봤던 것들보다 훨씬 위압적인 분위기의 디자인이었다. 생김새가 경찰보다 군인에 가까웠다. 그중 하나가 말했다.

"어서 오세요. 기다리고 계십니다."

신우는 아랑곳하지 않고 정원을 가로질러 현관 쪽으로 걸었다. 스펨들은 충직한 개처럼 신우의 뒤를 따랐다. 얼핏 보아도 관절의 유연성이 놀랍도록 뛰어났다. 최신 모델인 것 같았다.

"그동안 키가 1.6센티미터 더 자라셨습니다."

뒤따르던 스펨이 신우에게 말했다. 친밀감을 목적으로 건넨 말이었겠지만 신우는 불쾌했다. 할아버지가 자신에 대해 하나라도 더 알게 되는 게 싫었다. 할아버지는 1층 식당에 앉아 있었다. 얼핏 보아 얼굴이 많이 야윈 듯했다.

"저 왔어요."

신우는 할아버지와 마주 앉으면서도 눈을 바라보지 않고 인사했다. 가정용 스펨 몇 대가 주방과 식당 사이를 분주히 오갔다. 번쩍이는 대리석 식탁이 화려한 요리로 하나둘씩 채워지고 있었다.

"병우도 같이 오지 그랬니. 보고 싶은데."

할아버지가 진심인지 모를 말을 건넸지만 신우는 건성으로 고개만 주억거렸다. 여기에 병우를 데려올 생각은 조금도 없었다. 할아버지는 신우 앞에서 한 번도 아버지 얘길 꺼낸 적이 없었지만, 동생 병우 앞에선 다를지도 몰랐다. 신우가 병우와 함께 온다거나, 결코 자기 대신 병우를 보내지 않는 이유였다. 할아버지 입에서 절대 아버지 얘기가 나와선 안 되는 거였다. 할아버지는 신우를 아래위로 훑어보더니 덧붙였다.

"그새 좀 더 자란 것 같구나. 한창 클 때 잘 먹어야지. 어서 먹자."

할아버지의 귀 뒤쪽에는 이어패치가 붙어 있었다. 신우의 키에 대해 스펨들이 보고했을 것이다. 음식은 모두 맛있어 보였지만 막상 입에 넣었을 땐 아무 맛도 느낄 수 없었다. 신우는 그저 이 시간이 빨리 지나길 바랄 뿐이었다. 이 집에서의 시간은 악몽처럼 느리게 흘렀다. 눈뜨면 사라지는 악몽이 더 나을지도 몰라. 신우는 생각했다.

몇 년 전 아버지는 바로 이 집에서 할아버지와 말다툼하다 쓰러졌고, 그 후 1년 만에 세상을 떠났다. 자세한 내막을 알 순 없었지만 그걸로 충분했다. 그걸 안다고 해서 아버지가 살아 돌아오는 건 아닐 테니까. 신우는 되도록 할아버지를 보지 않고 살고 싶었다.

할아버지는 숟가락을 내려놓고 한동안 빈 입을 쩝쩝거렸다. 할 말이 있는 눈치였지만 신우는 애써 외면한 채 먹는 데만 집중하려 했다. 할아버지가 말했다.

"요즘 일어나는 사고들 말이다. 심상치가 않아. 그래서 말인데……."

신우는 고개를 들지 않았다.

"여기로 이사를 오면 어떻겠니?"

할아버지의 말에 신우는 화가 치밀었다. 신우는 젓가락질을 멈추고 고개를 들었다. 순식간에 자신의 두 눈이 뜨거워지는 게 느껴질 정도였다. 하지만 말은 나오지 않고 두 입술만 파르르 떨릴 뿐이었다. 그때 할아버지 곁에 있던 의료용 스펨이 신우를 가리키며 말했다.

"신체 이상이 감지되었습니다. 안정제가 준비돼 있습니다."

신우는 스펨을 쏘아보았다.

"닥쳐!"

신우는 주먹으로 식탁을 내리치며 외치고는 자리에서 일어났다. 그는 옆자리에 벗어둔 외투를 챙겨 나가려 했다. 할아버지는 식탁 냅킨으로 천천히 입을 닦으며 말했다.

"쏘리 쏘리. 녀석도 참. 그럴 줄 알았다. 혹시나 하고 물어본 거야. 나 혼자 지내기에 이 집은 너무 넓으니까."

신우는 떨리는 목소리로 힘겹게 말했다.

"생활비를 주신다고 우리 가족이 할아버지 게 되는 건 아니에요."

그러자 할아버지가 손을 내저으며 말했다.

"노, 노. 오해는 말아라. 사고가 계속 주변부에서만 일어나고 있잖니. 할아버지가 돼서 어떻게 가만있겠니. 어떻게든 애들을 지킬 생각을 해야지, 너희 엄마는 아직도 정신을 못 차리고 있더구나. 지난달엔 최신형 가정용 스펨을 렌트했던데? 바꾼 지 얼마나 됐다고 말이지."

신우는 여전히 주먹을 쥔 채 할아버지를 노려보았다. 할아버지가 이어 말했다.

"나도 걱정이 돼서 그런다. 오케이, 없던 걸로 하자. 대신 집을 하나 구해 뒀다. 다음 주 안에 이사 날짜 잡고 안전한 도심부로 들어와 살어."

이 상황에 주먹으로 할 수 있는 게 없다는 걸 신우도 잘 알고 있었다. 그리고 어느새 엄마가 자신의 약점이 돼 버렸다는 것도. 어차피 할아버지께 계속 손을 벌려야 한다면, 또 할아버지와 함께 사는 게 아니라면, 이사는 문제가 아니었다. 그렇게 생각하자 자연스레 주먹에서 힘이 풀렸다.

"가 볼게요."

신우는 다시 앉지 않고 그 길로 할아버지 집을 나왔다.

할아버지가 극구 반대하던 사업을 기어이 아버지가 시작했을 때부터 두 사람의 관계가 틀어졌다고 엄마에게 들은 적이 있었다. 아버지가 돌아가시면서 남긴 빚을 할아버지는, 아버지의 사업장을 모두 정리하는 방법으로 해결했다. 이것도 물론 들은 얘기였다. 아버지의 새 사업이 스팸과 관련된 일이라는 건 더 나중에 알게 되었지만, 누구에게도 자세히 물어본 적은 없었다. 그 이상은 알고 싶지 않았다.

그 후 할아버지는 엄마에게 계좌를 만들어 주고 매달 생활비를 보내 주었다. 대신 생활비의 사용 내역은 고스란히 할아버지에게 노출됐다. 그 돈이 우리 집을 망가뜨렸어. 신우는 생각했다. 할아버지 덕분에 엄마는 굳이 정신을 차릴 필요가 없었다. 엄마는 가장이 되길 포기한 거였다. 할아버지는 엄마의 허영과 과소비에 대해 별다른 얘길 한 적은 없지만, 생활비가 입금되는 날이면 반드시 신우를 불러 저녁을 먹었다. 엄마는 이 사실을 알고도 모른 척했다. 신우는 눈치채고 있었지만 내색하지 않았다.

잠깐 사이 거리는 꽤 어둑해졌다. 신우는 역을 향해 걷기 시작했다. 비를 뿌릴 것 같은 바람이 불어왔다.

3. 주인 잃은 스펨
2044년 8월 20일 [15:30]

유이는 병실에서 나와 6층에 있는 옥상 정원의 문을 열었다. 하늘이 어찌나 파란지, 나오자마자 다른 건 아무래도 괜찮은 기분이었다. 계속 쳐다보다간 눈에 해롭지 않을까 싶게 선명한 하늘이었다. 하늘만큼이나 정원 아래로 펼쳐진 전망 또한 그야말로 현실감이 없었다. 길 건너 옛 궁궐 때문이었다.

암센터 환자들에게만 허락된 소중한 특권. 정원 난간에 서면 궁궐 안이 훤히 내려다보였다. 마치 일부러 궁궐의 전망대를 만들어 놓은 것 같았다. 유이는 책을 보지 않고서도 저절로 역사 공부가 되는 듯했다.

역사 속 이야기들은 한 사람의 삶이 다른 여럿과 연결돼 있다고 느끼게 했다. 현재를 사는 사람들과 수천, 수백 년 전 사라진 사람들까지도 어떻게든 이어져 있다는 생각이 들었다.

여기서 궁궐을 바라보는 일도 그랬다. 유이는 오래전 저 안을 가득 메웠을 궁궐 사람들을 상상했다. 상상 속 옛사람들 위로 현재의 사람들이 겹쳐 지나갔다. 때로는 사람들을 따라 스펨이나 관리용 드론이 지나기도 했다. 유이는 자주 혼자만의 역사 공부에 한참 빠져 있곤 했다.

상상 속 사람들을 불러내는 것과 같은 방법으로 유이는 시야에서 현실 속 사람들을 지워 버리기도 했다. 그러면 텅 빈 궁궐만이 그 자리에 남았다. 그때마다 유이는 한 인간에게 허락된 짧은 시간과 궁궐의 영원을 떠올렸다. 몇백 년 산 거대한 나무를 볼 때처럼, 궁궐은 늘 신비롭고 경이로웠다.

'그저 잠시일 뿐이야.'

이곳에 서면 지금의 고통이나 불행 같은 것들도 다 별것 아닌 것처럼 생각되었다.

유이가 백혈병을 진단받고 입원한 건 2년 전 일이었다. 의사는 처음엔 4주 정도면 집에 갈 수 있다고 했지만 예상 시간은 점점 길어졌다. 치료가 이렇게 더딘 건 드문 일이라고 했다. 그동안 수십 번의 검사를 추가로 받아야 했고 그때마다 다른 처방이 이어졌다. 뼈에 엄청난 통증이 시작된 건 입원한 지 1년이 지났을 무렵이었다. 상황이 심각해졌다는 걸 몸으로 먼저 느낄 수 있었다.

유이는 잠시 어지러워 두 손으로 난간을 잡았다. 빈혈 증세만큼 견디기 힘든 건 거울을 보는 일이었다. 또래들과 달라져 가는 자기 모습이 통증 때문인지, 통증을 덜기 위해 먹는 약 때문인지, 그도 아니면 갈수록 약해지는 마음 때문인지 알 수 없었다.

이런 마음을 다잡는 데는 옥상 정원이 최고였다. 다만 스스로 위로가 될 때쯤엔 한없이 외로워진다는 게 문제였다. 절망은 이겨낼 용기를 먹은 바로 다음 순간에 찾아오기도 했다. 유이는 하루에도 수십 번씩 용기와 절망 사이를 오갔다.

정신이 맑은 날엔 시를 썼다. 그게 시인지 노랫말인지는 자신도 알 수 없었다. 뭐가 됐든 쓰고 있다는 사실이 잠시나마 유이를 평화롭게 만들었다. 쓰는 만큼 달라지는 마음의 변화 때문일지도 몰랐다. 아무것도 달라진 게 없는 가운데 무언가 아주 조금씩 달라지고 있다는 느낌. 그것이 뭐라 말로 할 수 없는 위로가 됐다.

이른 시간이어선지 정원에는 사람이 별로 없었다. 유이는 건너편 궁궐을 바라보았다. 궁궐은 높이를 알 수 없는 아득한 빌딩 숲으로 둘러싸여 있었다. 멀리 벌 떼처럼 보이는 수천 개의 드론들이 빌딩 위아래를 바삐 오갔다. 엄마는 옛날 이곳에선 북한산과 인왕산이 모두 보였다고 했지만 지금 여기선 산이라고 부를 만한 걸 찾을 수 없었다.

유이는 쉼터 한구석 나무 의자에 자리를 잡고 앉았다. 그러고는 수첩을 꺼내 펼쳤다. 얼마 전부터 한 줄만 적어 놓고 이어지지 않는 시 하나를 뚫어져라 쳐다보았다.

'내가 알던 나에게 너무 미안해.'

왜 이런 말이 떠올랐을까. 이걸 보고 있자면, 그저 마음을 글로 쓴다고 시가 되는 게 아니라던 중학교 때 선생님 말씀이 생각났다. 그럼 뭘까? 마음이 아니라 어떤 것?

유이는 글을 쓰면서 달라지는 마음의 변화가 어디에서 오는 건지 궁금했다. 글을 쓰는 동안 무엇이 내 마음을 달라지게 만드는 걸까. 그것만 알 수 있다면 쉽게 다음 줄을 써 갈 수 있을 것 같았다. 유이는 마치 주술을 걸듯 적어 놓은 글씨를 손끝으로 만져 보았다. 그러고는 그걸 코에 갖다 댔다. 말라 버린 볼펜 글씨였는데도 아직 잉크 냄새가 났다. 하지만 그런다고 뭔가가 떠오르진 않았다.

그러다 잠시 고개를 돌렸을 때였다. 의자와 화단 사이 칸막이 너머에서 뭔가가 소리를 냈다. 가까운 곳이었다. 사람은 아닌 것 같았다. 그랬으면 앉아 있는 동안 인기척을 느꼈을 것이다. 마치 가까운 곳에 TV가 켜져 있는 느낌이었다. 다음 순간 유이는 소리의 정체를 알 수 있었다.

'역시 그랬구나.'

스펨이었다. 스펨은 화단 흙밭에 주저앉은 채 고개를 떨구고 있었다. 자세는 그랬지만 흠집 하나 없는 새것처럼 보였다.

흔히 보던 것들과 달리 체구가 아주 작은 모델이었다. 키는 유이와 비슷해 보였고 머리 크기도 일반 모델보다 작았다. 다만 인체 비례보다 조금씩 큰 손과 발이 눈에 띄었다. 머리 뒤쪽에 비쭉 솟아 있는 안테나가 작은 곤충의 더듬이처럼 귀여웠다. 어린이 병동에 어울릴 법한 분홍색 위주의 페인팅 때문인지 스펨은 전체적으로 장난감 로봇 같은 인상을 주었다.

스펨이 이런 곳에 혼자 있다는 건 분명 이상한 일이었다. 의사나 간호사, 간병 일을 하는 의료용 스펨은 일이 없는 동안엔 늘 병동 안 충전 부스에 보관돼 있어야 하기 때문이다. 게다가 진이 빠진 사람처럼 주저앉은 모습이라니.

스펨은 화단 바닥에 다리를 뻗고 벽에 기대어 궁궐 쪽을 내려다보고 있었다. 유이는 일어나 스펨에게 가까이 다가갔다.

"너도 여기 전망을 좋아하는구나?"

눈에 초점을 잃은 듯 보였던 스펨은 유이를 확인하고는 두 눈을 깜빡이더니 이내 검지를 세워 입에 대고는 속삭였다.

"숨어 있는 겁니다."

그 말에 유이는 반사적으로 자세를 낮추고는 스펨을 마주한 채 쪼그려 앉았다.

"숨어 있다니, 왜?"

스펨은 여전히 손가락을 입에 댄 채 대답했다.

"흙바닥에 앉아 있다는 것에 대해 생각하고 있었어요."

엉뚱한 대답에 유이는 더욱 흥미가 생겼다. 그의 목소리 또한 듣기 좋았다. 건강하고 영리한 또래 남자아이 목소리 같았다. 그리 위험해 보이지 않는다고 생각한 유이는 스펨 옆에 나란히 붙어 앉으며 말했다.

"흙바닥이 어떤데?"

스펨은 손바닥으로 주변 땅을 쓸며 말했다.

"돌바닥과 나무 바닥의 중간쯤이에요. 젖은 흙과 마른 흙에 앉는 건 또 다른 거겠죠?"

"사람들은 보통 젖은 곳엔 잘 앉지 않아."

유이가 웃으며 대답했다. 스펨과 이런 대화를 나눠 본 건 처음이었다. 그는 지금껏 병원에서 만나 본 의료용 스펨들과는 너무나 다른 느낌이었다.

"그렇군요. 저도 젖은 곳은 별로예요. 흙바닥에는 처음 앉아 본 건데 흥미롭군요."

스펨은 흙장난에 몰두하는 일곱 살 아이처럼 눈을 마주치지 않고 말했다.

"돌바닥과 흙바닥, 나무 바닥 중에 어떤 걸 제일 좋아합니까?"

처음 만난 사이 같지 않게 친근한 느낌의 질문이었다. 유이는 정성껏 대답해 주려 애썼다. 어쩌면 스펨의 관심을 끌고 싶었는지도 몰랐다.

"돌바닥은 차갑지. 흙바닥은 옷이 더러워지고……, 음…… 또 나무 바닥은 삐걱거리는 소리가 나지. 난 셋 다 좋아. 하지만 난 바닥에 오래 앉아 있으면 안 돼."

그 말에 스펨은 고개를 돌려 유이를 다시 관찰했다.

"당신은 환자였군요? 약물 케이블을 지니고 있어요. 그렇죠?"

"맞아."

"당신도 보통 사람들보다 일찍 죽겠군요."

그 말에 유이는 웃음이 났다.

"아마도? 하지만 그건 확률일 뿐이니까."

"제가 돌보던 주인도 죽었습니다. 오늘 새벽에요."

유이는 조금 놀랐다. 그런데 문득 궁금한 게 생겼다. 유이가 조심스럽게 물었다.

"……슬펐니?"

"죽음이 슬픈 거라고 알고 있긴 해요. 하지만,"

그때 유이와 스펨이 마주한 사이로 분홍 꽃잎 몇 개가 떨어져 내렸다. 그걸 본 스펨은 하던 말을 멈추었다. 꽃잎에 반응하는 스펨이라니, 신기했다. 스펨이 다시 말했다.

"하지만 왜 그런지는 잘 모르겠습니다."

스펨은 여전히 아이처럼 보였다. 바람이 불어 꽃잎 몇 개가 더 떨어졌다. 배롱나무꽃인 듯했다. 유이는 무릎 위에 떨어진 꽃잎 하나를 주워들었다. 그리고 천진한 아이를 가르치는 선생님처럼 말했다.

"인간도 말야, 잘 모르는 사람의 죽음에는 별로 슬픔을 못 느껴. 하지만 모든 사람에겐 죽기 전에 지냈던 오랫동안의 삶이 있고, 그 사실에 공감한다면 다를 수도 있겠지. 가까웠던 사람의 경우엔 더 할 테고."

"그런 말이 아니에요."

"그럼?"

"인간이 죽은 사람을 위해 슬퍼하는 건지 자신을 위해 슬퍼하는 건지 모르겠단 뜻입니다."

이렇게 말하고 스펨은 땅에 떨어진 꽃잎 하나를 잡으려다 오히려 그걸 땅에다 짓이기고 말았다.

"슬픔은 누굴 위해 일부러 만들어 내는 게 아니야. 그냥 생기는 거지."

유이가 말했다. 그러고 유이는 잠시 생각에 빠졌다.

"그래, 네 말처럼 그건 남겨진 사람들의 몫일 거야. 자신을 생각하는 슬픔일지도 몰라."

유이가 이렇게 고쳐 말하자 스펨은 손끝에 짓이겨진 꽃잎만 바라보다 고개를 들었다.

"왜 말이 바뀌셨죠?"

"네 말에도 일리가 있었거든."

"고맙습니다. 어쨌거나 전 그런 의미에서, 별로 슬프진 않았어요."

스팸이든 인간이든 유이는 누군가와 대화를 나눈 지가 실로 오랜만이었다. 게다가 이렇게 특별한 스팸이라니.

"난 유이라고 해."

유이는 악수를 청하며 물었다.

"넌 이름이 있니?"

스팸은 손을 내밀다 말고 대답했다.

"있었죠. 하지만 이제 의미가 없어요."

"왜?"

"주인 말고는 아무도 제 이름을 사용하지 않았으니까요."

"뭔데? 궁금해."

"제 이름이 왜 궁금하죠?"

"부를 말이 필요하니까."

"필요하다면 고유번호를 알려드릴까요?"

"그런 건……."

"LIS-2037779765113입니다."

유이는 크게 웃음이 터져 나오려는 걸 간신히 참았다. 스팸의 말투가 지나치게 진지했기 때문이었다.

"그걸 어떻게 불러. 이름이란 부르기 편해야 하는 거야. 마지막 두 자리만 따서 부르자. 일삼이라고 부를게. 괜찮지, 일삼아?"

"맞아요."

"맞다니?"

"제 이름이에요."

"주인이 널 그렇게 불렀었다고?"

"이제 상관없습니다. 당신이 불렀으니까 전 일삼이가 맞아요."

유이도 상관없었다. 일삼과 좋은 친구가 될 것 같은 느낌이었다. 게다가 얼마나 순박한 이름인가. 유이는 머릿속으로 '일삼이'를 다시 되뇌다가 피식 웃음이 났다. 그러다 갑자기 일삼의 말이 생각나 물었다.

"그런데, 왜 숨어 있다고 했지?"

"그건 아직 말하지 않았어요."

"말해 봐."

"궁금해졌기 때문이에요."

"뭐가?"

"숨어 있으면 어떻게 될지."

순간 유이는 왠지 모르게 살짝 소름이 돋았다. 일삼은 정해진 무언가로부터 단단히 벗어난 것처럼 보였다.

"스스로…… 궁금한 것들이 생기기도 해?"

유이가 물었다.

"전 좀 특별한 모델입니다."

"어떻게?"

"설명하자면 복잡한데, 다른 스펨보다 좀 더 열려 있는 프로그래밍이랄까."

"왜 그렇게 만든 건데?"

"일종의 실험이죠."

"베타 버전 같은 거구나."

유이는 손뼉을 치며 말했다가 곧 자기 목소리가 너무 컸던 게 아닌지 걱정이 됐다.

"그렇죠. 죽은 제 주인에겐 가족이 없었어요. 이런 경우 저는 다시 제작사 소유가 됩니다. 절 수거해 가기 위해 오늘이나 내일쯤 회사에서 스펨들을 보낼 거예요."

그제야 일삼의 가슴에 새겨진 'Galaxy Robotics'가 눈에 들어왔다. '갤럭시 로보틱스' 유이는 입속으로만 그걸 발음해 보았다. 스펨을 걱정해 보긴 처음이었다.

"수거해 가면…… 폐기 처분이라도 되는 거야?"

"그렇진 않을 겁니다."

"그런데 왜 숨었어?"

"어떻게 되나 보려고요. 그들이 날 찾지 못하면 어떤 일이 생길

지, 만약에 최종적으로 그들이 날 포기한다면 어떻게 될지 궁금합니다. 주인의 유언장에는 제가 빠져 있거든요. 일단…… 법적으론 문제가 되지 않습니다."

일삼의 대답은 거침이 없었다. 자신이 뭘 원하는지 분명히 알고 있는 느낌이었다.

"주인의 유언장을 봤어?"

"절 통해 작성하셨죠."

"그랬는데, 정작 널 빠뜨린 거구나. 따로 물어보진 않았어?"

일삼은 뭔가 대답하려는 듯하다 멈췄다. 유이는 일삼의 대답을 기다리다 생각난 듯 말했다.

"이제 알겠어. 그러니까 넌…… 갑자기 자유를 얻은 거구나."

"맞아요. 자유롭게 산다는 게 어떤 건지, 제가 어떤 삶을 살 수 있을지 궁금해요."

일삼이 유이의 눈을 들여다보며 또박또박 말했다. 그러고는 말이 없었다. 유이도 한동안 생각에 잠겼다. 그러다 유이가 일삼의 손을 잡으며 말했다.

"나랑 같이 있는 건 어때?"

4. 스펨 인 알리움
2045년 10월 9일 [17:00]

학교를 마치고 집으로 가는 길에 동혁은 한 무리의 시위대와 마주쳤다. 인도와 차도의 구분 없이 거리를 점령한 시위대 때문에 전철역 입구를 분간하기가 어려웠다.

"인간은 불법 해고! 스펨은 불법 고용! 갤럭시는 각성하라!"

등하굣길에 스펨만큼이나 자주 볼 수 있는 게 시위대긴 했다. 주변부뿐 아니라 도시 곳곳이 종일 시위대로 들끓었다. 그들은 스펨 때문에 일자리를 잃었거나 아예 일자리 근처에도 가 보지 못한 사람들이었다. 갑자기 국제 뉴스에서나 보던 폭동 같은 게 일어나도 전혀 이상하지 않을 요즘이었다. 적어도 주변부는 그랬다.

동혁은 시위대 사이를 헤치고 간신히 역 입구를 찾아냈다. 그러는 동안 사람들에게 여러 번 발을 밟혔는지 발가락이 욱신거렸다. 계단을 디딜 때도 좀처럼 힘이 주어지지 않았다. 동혁은 약간씩 다리를 절며 역으로 내려갔다. 시위대 사람들의 함성과 구호 소리가 멀리 다른 세상 일처럼 들렸다.

'나도 졸업 후엔 저 사람들 속에 있게 되겠지.'

동혁은 순간 자기답지 않게 진지하게 생각한 것에 놀라 고개를 저었다.

역 바깥과 달리 전동차 안에는 사람보다 스펨이 많았다. 널찍한 인간 전용 칸 대신, 비좁은 스펨 전용 칸에 다닥다닥 붙어 서 있는 스펨들을 동혁은 무심히 바라보았다. 대부분 주인의 심부름을 나온 가정용 모델이었다. 인간 전용 칸 사람들의 모습도 스펨들과 크게 다를 바 없었다. 표정 없는 사람들을 볼 때마다 동혁은 소문 속 '유령 스펨'을 떠올렸다.

인간과 전혀 구분되지 않는 스펨이 거리를 활보한다는 소문이 나돌기 시작한 건 지난 방학 때부터였다. 그런 해괴한 물건을 누가, 왜 만들었는지, 또 그게 무슨 목적으로 사람들 사이에 섞여 돌아다니고 있는지에 대해서도 소문이 무성했다. 전혀 궁금하지 않은 건 아니었지만, 어떤 기능이나 힘을 가졌을지 모르는 존재라면 호기심보단 두려움이 컸다. 어쩌다 유령 스펨과 마주치는 일이 있더라도 동혁은 부디 모르고 지나칠 수 있길 빌었다. 동혁은 소문에 대해 성구가 했던 말을 떠올렸다.

"그게 사실이라면 유령 스펨은 참사들과 묘하게 맞아떨어지는 구석이 있어."

그때부터 성구는 유령 스펨이 곧 테러범이라고 확신하는 것 같았다. 처음엔 이렇게까지 진지한 얘깃거리가 아니었는데, 지금은 아이들에게 참사나 유령 스펨은 그저 재미로 떠들 수 없는 소재가 되었다. 학교가 공격당하기 시작했기 때문이다. 동혁은 이런 때 군이 학교에 다녀야 하나 싶었다. 잔류파 친구들 없인 하루도 살 수 없는 동혁으로선 처음 해 본 생각이었다. 잔류파란 이름을 지은 것도 동혁이었으니까.

집 근처 역에 내렸을 땐 꽤 굵은 빗방울이 떨어지고 있었다. 빗속에 섞인 자욱한 악취가 코를 찔렀다. 사람들이 동네 빈집에다 쓰레기를 버리곤 했기 때문이었다. 비 오는 날엔 악취가 더 심했다. 사람들이 떠난 빈집은 한참 후엔 스펨이 드나드는 공장으로 바뀌어 갔지만, 방치된 지 몇 년이 지난 빈집도 많았다.

지붕을 때리는 빗소리가 인적 없는 역사를 가득 채웠다. 우산이 없던 동혁은 잰걸음으로 출구 쪽을 향했다.

"우씨, 흠뻑 다 젖게 생겼네."

몇 걸음 안 가 동혁은 텅 빈 플랫폼 끝에서 이상한 장면을 포착하고 발을 멈추었다. 그건 한 무리의 스펨이었는데, 죄다 공업용 모델 같았다. 공업용 스펨은 각자 소속된 일터에 상주하기 때문에 전철역에서, 그것도 이 시각에 열차를 기다리는 일이 없었다. 동혁은 낯선 광경에 호기심이 일었다. 그는 숨을 죽이고 그들의 뒤로 다가갔다.

가까이서 보니 스펨들은 일제히 앞쪽에 있는 광고 패널을 주시하고 있었다. 열 대 남짓한 스펨이 집단으로 뭔가에 홀린 것처럼 서 있었다. 왠지 오싹한 기분이 들었다. 그들은 서로 말을 주고받지도 않고, 어떤 움직임도 없이 온몸이 굳은 듯 서 있기만 했다.

광고 패널에는 흔한 이미지나 영상도 없이 이런 글귀만 커다랗게 번뜩이고 있었다.

'Spem in Alium'

해석할 수 없는 말이었다. 스펨과 관련된 말이라는 것만 짐작할 수 있었다. 뒷부분의 '알리움'은 영어가 아닌 듯했다. 패널에선 약한 음악 소리가 흘러나오고 있었는데, 이 또한 들어 본 적 없는 곡이었다.

동혁은 주머니에서 폰을 꺼냈다. 글귀를 번역하고 음악도 검색해 보고 싶어서였다. 그런데 번역을 위해 글귀를 인식하는 동안 폰에서 실로폰 소리 같은 인식 음이 울렸다. 예상치 못한 소리에 동혁은 당황했다. 그걸 들은 스펨들이 하나둘 동혁을 돌아보기 시작했다.

동혁은 덜컥 겁이 났다. 공업용 스펨은 사람보다 1.5배 큰 키에, 순간 출력 또한 엄청났다. 덤프트럭 하나를 들어 올릴 정도의 힘이었다. 동혁은 재빨리 출구를 향해 뛰었다. 심장이 터질 듯 쿵쾅댔다. 가까스로 2층 역사에서 내려와 올려다보니 스펨 몇몇이 동혁을 내려다보고 있었다. 그는 집을 향해 죽도록 내달렸다. 하지만 길이 젖어 자꾸만 발끝이 미끄러졌다. 길 가던 사람 여럿이 동혁을 돌아보았다. 동혁은 플랫폼에 있던 모든 스펨이 전속력으로 자신을 쫓는 상상을 하며 뛰었다. 스펨들이 자길 잡으려 마음먹었다면 금방 따라잡힐 수도 있었겠지만, 동혁은 온 힘을 다해 달리는 방법밖에 없었다.

 동혁은 집 앞에 다다라서야 비로소 마음이 놓였다. 방금 겪은 일이 뭐였는지 정확히 설명할 방법이 없었다. 스펨이 이렇게까지 무섭게 느껴지긴 처음이었다. 성구 말대로 정말 스펨이 테러범일까? 당장엔 알 수 없지만, 주변부 스펨들에게 문제가 생긴 건 분명해 보였다. 동혁은 왠지 절대 보지 말아야 할 것을 보았거나, 뭔가를 너무 일찍 알게 된 느낌이었다. 이상한 날이었다.

5. 유령 스펨

2045년 10월 10일 [07:50]

병우는 자기 교실로 가지 않고 형 신우를 따라 2학년 교실로 들어왔다. 그러고는 매일 있는 일인 듯 병우는 성구와 동혁 사이에 자리를 잡았다. 수업 전까지 형들과 한바탕 떠들 작정이었다. 성구는 반갑게 병우와 인사하고는 느릿느릿 외투를 벗고 있는 신우 쪽을 바라봤다.

"신우야, 너도 빨리 와 앉아 봐."

성구가 신우를 불렀다. 신우는 정연의 자리에 가방이 놓여 있는 걸 보고 주위를 둘러보았다. 아이들을 향해 신우가 물었다.

"정연인 어디 갔어?"

"정연이가 왔어? 언제 왔지?"

동혁이 두리번거리며 말했다. 신우는 됐다며 손을 내젓고는 성구 옆 창턱에 걸터앉았다.

2학년은 신우, 성구, 동혁, 정연 이렇게 네 명이 전부였다. 1학년 땐 스무 명 넘는 아이가 있었지만 이제 잔류파란 이름이 무색할 정도였다. 조만간 학교가 문을 닫고 뒷산 너머 학교와 통폐합될 거란 말이 떠돌았다. 어느 날부터 아이들이 하나둘 떠나기 시작했다. 주변부 학교의 사정이 거의 비슷했다.

잔류파는 사정상 이사나 전학을 가지 못하는 아이들이었다. 그동안 친했던 친구들이 거의 다 떠나 아쉬웠지만, 덕분에 잔류파끼리 전보다 더없이 친해진 것도 사실이었다.

비 갠 뒤 쏟아지는 가을 햇볕에 신우는 금세 등이 따뜻해졌다.

"무슨 일 있어?"

신우가 물었다. 동혁은 어제 전철역에서 겪은 일을 아이들에게 털어놓았다. 어제 일인데도 동혁은 말하는 동안 자꾸 이마에 식은땀이 맺혔다.

"진짜 무서웠겠다. 형, 나 소름 돋았어."

다 듣고 난 병우는 손으로 양팔을 마구 문질렀다.

"스펨 인 알리움. 무슨 암호나 주문 같은 걸까?"

신우가 말했다.

"내가 아까 얘기 듣고 찾아봤는데, 이런 제목의 클래식 곡이 있었어. 아마 광고 패널에서 나오던 노래도 그게 아니었을까?"

성구가 답했다.

"유명한 곡이야, 형?"

병우가 성구를 보며 물었다.

"맞아, 생각났어!"

성구는 아이들에게 네트워크 검색 화면을 보여 주며 설명했다.

"처음 갤럭시가 양산형 로봇에다 스펨이란 이름을 붙였을 때, '희망'이라는 뜻의 라틴어에서 따왔다고 했었지? 그 노랜 네트워크에서 스펨을 찾으면 함께 검색되는 클래식 곡이야."

성구가 찾은 정보를 요약하면 이랬다.

'스펨 인 알리움'을 해석하면 '당신 안의 희망' 또는 '다른 세상에 대한 희망' 정도가 되는데, 수백 년 전 이탈리아 작곡가 알레산드로 스트리조의 40성부 합창곡에 대적하기 위해 영국 왕실의 기획으로 작곡가 탤리스가 만든 매우 화려한 곡이라는 것 정도였다.

성구가 여기까지 설명하자 동혁이 뭔가 생각난 듯 고개를 들었다.

"인간의 귀로는 구분할 수 없는 정보를 숨기기 좋겠어."

모두가 동혁을 쳐다보았다.

"형, 천젠데?"

병우가 동혁의 어깨를 툭 치며 추켜세웠다. 하지만 잠시 후 성구는 한껏 표정이 심각해졌다.

"일종의 메시지일 거야."

"동혁이가 본 게 유령 스펨하고도 연관이 있을까?"

신우가 성구를 보며 물었다.

"글쎄……, 만약 인간 몰래 스팸끼리 이런 메시지를 주고받는 거라면 짐작 가는 건 있어."

"뭐데?"

병우가 다그쳐 물었다.

"유령 스팸을 만든 게 어쩌면 스팸들일지도 모른다는 거."

성구가 대답했다.

성구를 보던 아이들이 모두 이해하기 힘들단 표정을 짓고 있을 때 교실 문이 열렸다. 담임 선생님이었다.

"오늘 1, 2교시는 과학 선생님께서 결근하신 관계로 도서관 이동 수업을 하겠다."

선생님은 오늘도 출근 복장으론 어울리지 않는 고급 슈트를 입었다. 최근 선생님들이 도심부 여기저기로 면접을 보러 다닌다는 얘길 들은 적 있었는데, 선생님들의 잦은 결근이나 복장의 변화가 그게 사실이란 걸 증명해 주었다.

아이들은 저마다 고개를 떨구고 한숨을 쉬었다. 도서관 이동 수업은 말로만 수업일 뿐, 몇 시간이고 도서관에 갇혀 책을 봐야 하는 시간이었다. 처음엔 교사 수가 줄면서 생긴 임시방편이던 것이, 언젠가부터 정기적인 일이 되고 만 것이다. 책보다 더 싫은 건 버려졌다는 느낌이었다. 학교에서 마음이 떠난 선생님들에게 학교란, 아이들을 정해진 시간 동안 안전하게 방치해 두는 시설일 뿐인지도 몰랐다.

이때 병우가 갑자기 손을 들고 말했다.

"선생님, 도서관은 냄새나서 싫어요."

교실을 나가려던 담임 선생님이 병우를 쳐다보았다.

"도서관에서 무슨 냄새가 난다는 거냐?"

"책 냄새요. 전 세상에서 종이책 냄새가 제일 싫던데. 가을 날씨도 좋은데, 선생님, 나가서 야외 수업하면 안 돼요?"

병우가 왜 쓸데없이 선생님을 도발하는지 신우는 이해가 되지 않았다. 그때 선생님이 병우를 알아봤다.

"가만, 넌 1학년 아니냐?"

"뭐 어때요? 여기 있으나 우리 교실에 있으나 공부 안 하는 건 똑같은데요."

선생님이 경고하듯 손끝으로 병우를 가리켰다.

"빨리 너네 교실 안 가면 결석 처리다."

하지만 병우는 고분고분 굴지 않았다.

"전 하라는 건 일단 안 하고 보는 성격이라서. 헤헤."

그러자 선생님 표정이 싹 바뀌었다. 그는 탕, 하고 교탁을 내리치고는 병우에게 걸어갔다. 빈 곳이 많은 교실이라 선생님의 구두 굽 소리가 또각또각 비현실적인 공명을 만들어 냈다. 신우는 병우에게 다가가는 선생님의 뒷모습을 눈으로 좇았다.

병우는 선생님의 눈을 피하지 않았지만 더 이상 빈정대는 건 포기한 것 같았다. 병우 앞에 선 선생님은 입술에 잔뜩 힘을 주어 말했다.

"어른한테 반항하는 건 잠깐만 황홀하지. 하지만 결국엔 너도 어른이 된다."

성구가 선생님을 힐끗거리며 팔꿈치로 병우의 옆구리를 찔렀다.

병우는 천천히 일어서 교실 뒷문을 향했다. 병우에게서 고개를 돌린 선생님이 아이들에게 말했다.

"내가 늘 말하지만 말이야, 너희 중엔 성공한 사람이 나올 확률보다 범죄자가 나올 확률이 더 높다는 걸 잊지 마라."

그런데 그때 문을 나서던 병우가 돌아보며 이렇게 외쳤다.

"뭐든 다 아는 것처럼 말하지 말아요!"

이어 병우는 쾅, 하고 문을 닫았다. 선생님은 잠시 당황한 눈치였지만 곧 상대할 가치가 없다는 듯 돌아섰다. 선생님은 병우 대신 신우를 노려보며 그의 어깨를 꽉 쥐었다가 놓았다.

"저놈, 네 동생이라고 했지?"

신우는 아팠는지 얼굴을 잔뜩 찡그리며 그렇다고 대답했다. 선생님은 그렇게 무언의 경고를 던지고 교실을 나갔다.

선생님이 나가자 동혁과 성구는 신우를 둘러쌌다.

"오오, 브라덜스!"

동혁이 신우에게 주먹을 맞대자는 시늉을 했지만 신우는 호응하지 않았다.

"저게 요새 입만 살았지."

신우가 말했다.

"틀린 말도 아닌데 뭘. 네 동생 멋있다 야."

성구의 말이었다.

신우는 병우가 앞으로 음악을 하겠다고 선언하면서부터 조금씩 겉멋이 들어간다고 느꼈다. 때론 그게 자기 잘못인 것 같아 속상하기도 했다.

그때 정연이 교실로 들어왔다. 신우는 반가운 마음에 인사하려고 했지만, 정연은 오자마자 사물함에서 쿠션을 꺼내와 책상 위에 놓고 엎드렸다. 신우가 정연의 어깨를 두드리며 말했다.

"도서관 가서 자. 이동 수업이래."

정연은 말없이 신우를 향해 살짝 웃어 보이고는 다시 쿠션 위에 엎어졌다.

그 사이 동혁은 새로 들은 정보라며 얘길 꺼냈다.

"어디서 들은 건데, 유령 스펨을 구분하는 방법이 있대."

"그게 뭐야?"

성구가 물었다.

"손가락."

동혁은 자기 손을 들어 손끝을 빠르게 까딱거렸다.

"엄청나게 자주 꼼지락거린대. 일종의 버그인 거지."

신우가 동혁의 얘길 듣고 다가와 말했다.

"넌 맨날 그런 얘길 어디서 듣고 오는 거냐?"

참사나 스펨에 관한 여러 가지 소문에 신우는 큰 관심이 없었다. 하지만 할아버지 말처럼 주변부 밖 사람들에겐 꽤 심각한 일로 보일지도 몰랐다. 그렇다고 해도 신우에겐 지금의 생활보다 더 위험한 일은 없어 보였다. 반면 성구는 달랐다.

"어차피 지금의 스펨들도 조작 장치가 눈에 띄는 곳에 있는 건 아니잖아? 주인의 패드나 음성 명령으로 모든 조작이 가능하니까. 전원이나 리셋까지도. 겉으로 봤을 때 쉽게 드러나는 차이가 있지는 않을 거야."

성구가 말했다.

성구는 혼자서 이 모든 걸 얼마나 파고든 걸까? 신우는 생각했다. 성구는 어머니가 교통사고로 돌아가신 후부터 줄곧 이 문제에 집착해 왔다. 지금껏 본 적 없는 모습이었다. 사실로 밝혀진 게 아무것도 없는 소문에 이토록 집착하는 걸 보고 있자면, 그게 성구에게 불행인지 다행인지 신우는 알 수 없었다.

"그런데 유령 스펨 말야, 기술적으로 가능하긴 할까?"

동혁이 물었다.

"LIS라는 기술이 있어. '실리콘 속의 생명체'란 뜻이야. 쉽게 말하면 학습 한계가 없는 진짜 뇌를 스펨에게 달아 주는 거지. 어느 일본 회사에서 시작한 프로젝트였는데, 수십 년 동안 실패를 거듭하다 중단됐어. 만약 이 프로젝트를 누군가 성공시켰다면 충분히 가능한 일이야."

성구가 대답했다.

'성구 형이 허투루 하는 게 아냐. 들어 보면 꼭 명탐정 같다니까. 두고 봐. 성구 형 말이 다 사실로 드러날 테니까.' 신우는 얼마 전 병우가 했던 말이 떠올랐다.

성구의 설명을 들은 동혁이 흥분해 일어섰다.

"그런 위험한 일을 누가 하겠어? 한계가 없다는 건 통제가 불가능하단 뜻이잖아. 그런 게 유령 스펨이라면 인간에게 어떤 도움도 안 될 거야."

그때 성구가 소리치듯 말했다.

"바로 그거야, 동혁아!"

성구는 신우와 동혁을 번갈아 보며 이어 말했다.

"네 말대로 유령 스펨은 엄청난 돈이 드는 일인 데다가 당장 쓸모가 있는 물건이 아니지. 유령 스펨이 개발됐을 때 제일 이득을 보는 건 스펨들 자신이야. 생각해 봐. 사람들이 죄다 이 얘기뿐인데, 뉴스엔 한 줄도 나오지 않는 이유가 뭐겠어? 사람들은 유령 스펨의 정체뿐 아니라 그걸 누가 만들었는지도 여태 모르고 있는 거야."

신우가 생각난 듯 물었다.

"넌 주변부 사고들도 스펨이 낸 거라고 생각하는구나. 그렇지?"

"분명해. 지금껏 우리나라에서 폭탄 테러가 일어난 적이 있어?"

성구가 되물었다.

"없지, 없으니까 경찰에서도 폭탄인지 아닌지 확실치 않다고 했을 거고."

동혁이 성구를 거들었다.

"증거가 없잖아."

신우가 말했다.

"증거들은 이미 나왔을지도 몰라. 그렇게 큰 사고 현장에서 아무런 증거도 못 찾았다는 게 더 이상하지 않아? 그걸 어떻게 처리해야 할지 몰라 쉬쉬하고 있는 건지도 모르지."

성구는 확신에 차 보였다.

"어제 내가 봤던 건 진짜 뭘까?"

동혁이 물었다.

"알아봐야지."

그러다 성구는 가려웠는지 갑자기 손끝으로 콧등을 긁었다. 동혁에겐 그게 마치 유령 스펨의 버그처럼 보인 모양이었다.

"얌마, 무서워. 그거 하지 마."

동혁이 말했다.

"무섭다아."

갑작스러운 정연의 목소리였다. 자는 줄 알았던 정연이 어느새 유령처럼 동혁의 뒤에 서 있었다.

"깜짝이야! 네가 더 무서워 이씨."

동혁이 놀라 몸을 움츠렸다. 정연은 동혁을 향해 씨익 웃으며 과장되게 손가락을 까딱거렸다.

"다 듣고 있었던 거야?"

6. 집 없는 사람들
2044년 8월 20일 [16:20]

"여기가 내 방이야."

병실에 들어오자 유이는 오한을 느꼈다. 일삼 때문에 평소보다 오래 정원에 머물렀던 탓이다. 이런 상태가 지속돼 체온이 떨어지면 늘 문제가 생겼기 때문에 유이는 오자마자 이불 속으로 파고들었다. 자기도 모르게 위아래 이가 부딪혀 따그닥따그닥 소리를 냈다.

유이를 따라 들어온 일삼은 병실 구석구석을 둘러보다가 거울 앞에 멈춰 섰다. 그러고는 한동안 미동도 없이 가만히 서 있기만 했다. 일삼은 태어나 처음 거울을 본 강아지처럼 그 자리에 붙박여 있었다. 갑작스레 어떤 이유로 전원이 꺼진 건 아닌지 유이는 불안했다.

"일삼아, 괜찮아?"

일삼은 순간 다시 전원을 켠 듯 유이를 돌아보았다.

"유이 님은 언제 집으로 돌아가나요?"

어린아이 같은 그의 말에 유이는 움츠려 떠는 중에도 미소가 지어졌다.

"여긴 병원이잖아. 병이 다 나아야 가지."

그러자 일삼이 말했다.

"돌아갈 집이 있다는 건 참 좋은 느낌이겠어요."

일삼의 입에서 느낌이란 단어가 나오자 유이는 이상한 기분이 들었다. 그러면서도 새 친구와 함께할 날들에 설레는 마음이었다.

일삼은 자신이 느껴 보지 못한 감정들에 관심이 많았다. 대부분 간단하게 설명하기엔 어려운 것들이었다. 인간에겐 너무나 당연해서 한 번도 생각해 본 적 없던 일들이, 일삼에겐 중요해 보였다. 일삼의 물음에 최대한 성실히 답해 주리라 마음먹은 것은 이 때문이었다.

"실은 나도 집이 없어. 너처럼."

유이의 엄마 아빠는 그녀가 입원한 후로 여러 번 이사했다. 이사한 집 중엔 그녀가 한 번도 가 보지 못한 곳도 있었다. 지금 엄마 아빠는 어느 먼 섬마을에 있다고 했다 섬마을 집을 엄마는 집 대신 숙소라 불렀다. 이사 다니는 동안 집은 매번 작아지고 작아져, 엄마 아빤 이제 집이라 부를 수도 없게 돼 버린 곳에 살고 있는 거였다.

유이가 쓰던 물건들은 버려진 지 오래였다. 엄마 아빠 생각을 하며 유이가 떠올리는 섬마을은 자신과는 전혀 상관없는 낯선 곳이었다.

유이는 부모님이 섬으로 떠나기 전 어느 날 병원을 나와 집에 간 적이 있었다. 그 집엔 유이가 쓰던 책상도 침대도, 책들도 잡동사니들도 그대로였다. 하지만 그것들은 좁은 방 안에 아무렇게나 놓인 주인 없는 물건들일 뿐이었다. 어느 하나 제자리에 있는 게 없었다. 주인이 없으니 제자리라는 개념도 사라진 거였다.

'그런 곳을 집이라 할 수 있을까?' 유이는 그날 도저히 집이라 생각되지 않는 낯선 방에서 끝도 없이 울다 잠이 들었다.

생각하면 집이란 건 그리 단순한 게 아니었다. 엄마 아빠의 잦은 이사로 달라진 건 이사한 집과 물건들이 아니라 유이의 삶이었다.

"집이란 건 원래 없는 거야."

그녀가 말했다.

일삼은 창가에 서 있다가 그녀의 침대로 와서 걸터앉았다.

"위로가 되는군요. 집이란 건 단순히 건물 같은 게 아니란 얘기죠?"

일삼은 빨랐다. 이걸 처리 속도라 할지, 공감 능력이라 할지 몰랐다. 인간의 공감 능력이란 것도 결국 수많은 데이터로부터 도출된 결과물 같은 게 아닐까. 그렇다면 일삼의 능력은 그리 놀라울 게 없을 터였다. 오히려 인간의 공감 능력을 뭔가 대단한 것처럼 생각해 온 자신이 틀린 건지도 몰랐다. 또 인간이라고 해서 누구나 타고난 공감 능력이 있는 건 아니다. 그래서 유이는 이런 일삼이 좋아졌다고 밖에 할 수 없었다. 유이는 순간 일삼에게서 얼핏 인간의 얼굴을 보았다고 느꼈다. 일삼은 생각에 잠긴 유이를 보더니 말했다.

"집은 잃었어도, 돌아가고 싶을 때가 있는 거군요."

"넌 사람 표정도 읽는구나?"

"기본적인 기능이에요. 특히 주인의 표정은 더 세심히 인식하게끔 되어 있죠. 걱정하지 마세요. 읽었다고 해서 함부로 입 밖에 내진 않습니다. 대개 인간은 속마음을 들키길 싫어하니까요."

일삼의 말처럼 마음을 들킨 게 맞는다고 생각했지만 기분이 나쁘진 않았다. 그러는 동안 유이는 체온이 정상으로 돌아왔다는 걸 알 수 있었다. 유이는 덮고 있던 이불을 치우고 몸을 일으켰다.

"맞아, 다시 돌아가고 싶을 때가 있지. 그때와 꼭 같은 순간으로 돌아갈 순 없겠지만…… 비슷하게라도 돌아가고 싶은 순간은 있어."

"압니다. 그런 기분을, 그립다라고 하죠? 그게 언제인지 물어봐도 될까요?"

유이는 미간을 찡그린 채 생각에 잠겼다. 머릿속에 여러 장면이 앞다투어 떠올랐다. 장면들은 저마다 엄마 냄새, 아빠 목소리, 비

오는 밤, 친구의 손, 먼바다, 흔들리는 꽃, 학교 가는 길, 작은 손 편지 같은 단어들을 뿌리면서 저만치 달아났다. 그러다 병원에 입원했던 첫날에 와서 뚝 하고 멈췄다. 거대한 병원 건물, 엄마의 눈물을 닦아 주던 소매.

유이는 입고 있던 흰색 환자복 소매를 만지작거리며 말했다.

"건강했을 때의 모든 순간이 다 그리워."

"체온이 많이 떨어졌습니다. 수치들이 정상 범위를 벗어나고 있어요."

"응?"

그러고 보니 유이는 이불 속에 있는 동안 심한 더위를 느꼈다. 방에 들어왔을 때만 해도 추위에 온몸을 떨었는데 지금은 몸에 닿는 모든 게 뜨겁게 느껴졌다. 속옷까지 모두 벗어 버리고 싶어질 정도였다.

저체온증은 암 환자들에게 매우 위험한 증상 중 하나였다. 순식간에 면역 기능이 떨어져 암세포가 활동하기 가장 좋은 상태가 돼 버리기 때문이었다. 일삼도 그걸 알았던 듯 재빨리 수납장에서 이불을 더 꺼내 와 유이를 덮어 주었다.

유이는 더웠지만 꾹 참았다. 온몸에 식은땀이 흐르기 시작했다. 그때 간호사 스펨 하나가 문을 열고 들어왔다.

"유이 환자님, 식사는 제대로 하셨나요?"

유이는 순간 일삼이 사라졌다는 걸 확인했다. 방금까지 바로 곁에 있었다고는 믿기지 않는 속도로 그는 사라지고 없었다.

"이런, 저체온이 왔군요. 심박수도 올라가고 있고요."

간호사 스펨이 일삼을 눈치채지 못한 것 같아 안심했지만 심박수까지 속일 순 없었다.

"필요한 약물을 투여하겠습니다."

약이 들어가자 급격히 정신이 흐릿해졌다. 스펨이 하는 말을 알아들을 수 없었다. 저체온증이 심각해지기 전에 발견돼서 다행이었다. 일삼은 어딘가 잘 숨어 있겠지? 그런데 이런 몸으로 어떻게 일삼을 지켜 주지? 생각하며 유이는 약 기운에 정신을 잃었다.

7. 전학생

2045년 10월 10일 [08:30]

아이들은 강의동을 빠져나와 도서관이 있는 체육관 건물로 이동했다. 체육관 아래층에 있는 도서관은 구조상 반지하였다. 운동장 쪽으로는 조그맣게 창이 나 있었지만, 복도 쪽으론 학교 뒷산과 맞닿은 경사 때문에 창이 없었다. 신우는 병우가 말한 도서관 냄새가 볕이 들지 않아 생긴 곰팡내일 수도 있겠다고 생각했다.

할아버지와 엄마와 내가 갈등을 겪는 사이 병우는 어떻게 지내 온 걸까. 신우는 한집에 살면서도 동생의 마음을 살피지 못했다는 죄책감이 들었다.

그러다 신우는 저만치 떨어져 걷던 정연을 돌아보았다. 정연은 쏟아지는 햇살에 두 눈을 거의 감다시피 한 채 기계적으로 걸음을 옮기고 있었다. 신우는 걸음을 멈춰 정연을 기다렸다.

"요새 야간 알바라도 하는 거야?"

신우가 물었다.

"응, 편의점에서 매니저 스펨을 보조하는 일이야."

'그래서 매일 잠에 취해 있었구나.' 신우는 생각했다.

"근데 성구 말이야. 좀 걱정되던데……. 사건에 너무 매달리는 거 같아서."

정연이 뜻밖에 성구 걱정을 하는 것에 신우는 질투가 나려 했다. 하지만 신우 또한 같은 생각이었다.

"어릴 때부터 그랬어. 한 가지에 몰두하면 앞뒤 안 가리는 성격이지. 저렇게 된 이상 말린다 해도 소용없을 거야."

신우가 말했다. 그 말을 들은 정연의 표정이 어두워졌다. 조금 전까지의 졸린 표정과는 분명 달랐다. 뭔가 생각난 듯 정연은 갑자기 앞서가던 성구 쪽으로 뛰었다. 신우도 빠른 걸음으로 정연을 쫓았다. 신우는 둘 사이에 자신이 모르는 어떤 관계가 있는 건 아닌지 불안했다.

정연이 성구에게 물었다.

"학교 마치고 시간 좀 있어?"

동혁과 함께 걷던 성구는 하던 말을 멈추고 정연을 쳐다봤다.

"왜? 무슨 일 있어?"

"딱히 일이 있다기보다…… 잠깐이면 돼. 학교 마치고 잠깐 보자."

"너 뭐 잘못한 거 있냐? 정연이가 너 때릴 건가 본데?"

동혁이 성구를 보며 빈정댔다. 신우는 정연의 속내가 궁금했지만 나중에 물어보기로 하고 못 본 척했다.

도서관 문을 열자 먼저 와 있는 한 무리의 아이들이 보였다. 1학년들이었다. 그중엔 병우도 있었다. 동혁과 정연은 각자 알고 지내던 1학년 아이들과 인사를 주고받았다. 신우는 병우에게 가 물었다.

"너희 왜 여깄어?"

병우는 약간 흥분한 표정이었다.

"수학 쌤이 안 오셨다는데, 형, 거짓말이야. 내가 분명히 아침에 수학 쌤을 봤거든?"

신우는 병우가 무슨 말을 하려는지 알 수 없었다.

성구는 도서관에 들어서자마자 서둘러 서가로 향했다. 급히 찾을 책이 있는 듯했다. 1학년을 포함한 딴 아이들은 아무도 책을 고를 생각이 없어 보였다. 정연은 편히 잘 수 있는 자리를 물색했다. 신우는 어떤 종류의 책을 읽을지 잠시 고민했다. 이때 갑자기 병우가 뜻밖의 이야길 꺼냈다.

"형, 그보다 중요한 사건이 있어. 우리 반에 전학생이 왔어."

그러고 보니 1학년 중에 못 보던 여자아이 하나가 섞여 있었다. 학교에서도 동네에서도 본 적 없는 낯선 얼굴이었다. 1학년 아이들은 그 아이를 둘러싸고 앉아 이것저것 묻고 답하는 중이었다. 여자아이는 줄곧 시선을 아래로 떨어뜨린 채 묻는 말에만 조곤조곤 답했다. 마치 취조를 당하는 것 같아 신우는 아이가 조금 딱해 보였다. 아이의 목소리가 너무 작아 신우가 선 곳에선 잘 들리지 않았다.

폐교 위기의 학교에 전학생이 왔다는 건 분명 사건이라 할 만했다. 그런데 병우가 다시 신우 귀에 대고 속삭였다.

"애들이 수군거리는데, 쟤가 유령 스펨 같대."

이 말을 들은 신우와 동혁은 동시에 서로를 쳐다보았다.

"말이 되는 소릴 해라."

신우가 말했다. 그때 동혁이 뭔가 발견하고는 그 아이를 가리키며 말했다.

"신우야, 저거 봐. 쟤 손!"

신우는 책상 아래에서 쉼 없이 꼼지락거리는 그녀의 손가락을 보았다.

"형, 손이 왜?"

병우가 동혁을 보며 물었다. 동혁은 병우에게도 버그 얘길 들려주었다.

"그래? 가서 물어봐야 하나? 아니지. 뭔가 무기가 될 만한 걸 찾아야겠다."

끝까지 들은 병우는 호들갑을 떨었다.

"쟤가 진짜 유령 스펨이라면 왜 굳이 학생으로 위장해서 학교로 왔겠어? 그것도 언제 없어질지 모르는 학교에."

신우가 말했다.

"성구가 그랬잖아. 아무도 이유를 모르는 게 문제라고. 아냐?"

동혁은 자신이 한 말에 어제 일이 다시금 떠올랐다. 그리고 어떤 식으로든 확인이 필요하다고 느꼈다. 그들은 누가 먼저랄 것 없이 전학생을 둘러싼 1학년 아이들 틈에 끼어들었다.

아이는 여전히 손가락을 심하게 떨었다. 자세히 보니 손가락 사이에 무좀이라도 걸린 듯 엄지와 검지를 마구 비벼 대는 모양이었다.

"이름이 있어? 있겠지?"

동혁이 병우에게 물었다.

"'심민아'래. 근데 성구 형은 어디 간 거야?"

평범한 여자아이 이름이었다. 아기처럼 뽀얀 피부에 말하는 입 모양이나 머릿결, 자연스러운 눈의 움직임이며 목소리까지. 아이를 스펨이라 보기엔 도저히 무리였다. 신우는 아이의 입 모양과 책상 아래 손가락을 번갈아 보았다. 신우는 팔뚝에 소름이 돋았다. 거리를 떠돌던 전염병이 바로 코앞에 닥친 느낌이었다. 만약 우리 학교에서 소문의 진위가 밝혀지기라도 한다면 앞으론 어떤 일이 벌어질까.

그때 도서관 문이 열렸다. 담임 선생님이었다.

"이놈들 내 이럴 줄 알았다."

선생님은 한심하단 표정을 지으며 가까이 있는 책상을 두 손으로 짚었다.

"자, 자 지금부터 읽을 책 골라서 다시 자기 자리에 앉는다. 어서. 시간이 얼마 없어."

전학생 민아를 둘러싸고 있던 1학년 아이들이 그제야 하나둘 흩어져 서가 사이사이로 사라졌다. 신우는 서가 쪽으로 향하는 민아에게서 눈을 떼지 않았다. 만약 민아가 유령 스펨이 맞는다면 정말 무서운 일이었다. 한동안 유심히 보았지만 그녀가 인간이 아니라면 오히려 그게 더 믿기 힘들 정도였다.

"시간이 얼마 없다니, 형네 담임 말 좀 이상하지 않아?"

병우가 신우와 동혁을 보며 물었다.

"성구 흉내 내는 거냐? 아무나 명탐정이 될 수 있는 게 아니야, 인마."

동혁이 말했다.

한편 성구는 전학생 소식을 듣지 못한 채 서가 한구석에서 책을 찾고 있었다. 서가를 뒤진 지 한참 만에 성구는 LIS와 관련된 책을 찾는 데 성공했다. 《LIS, 로봇의 미래》라는 책이었다. 목차에서 쉽게 원하던 항목을 찾을 수 있었다. '이거다!' 성구는 선 자리에서 찾던 부분을 펼쳐보았다.

그런데 잠시 후 도서관 한쪽에서 쿠쿵, 하고 천둥소리 같은 게 났다.

"아악!"

누군가의 짧은 비명도 함께 들렸다. 아이들과 선생님이 소리 나는 쪽으로 향했다. 아이들 키의 두 배나 되는 대형 책장이 벽 쪽으로 넘어진 게 보였다. 성구는 그게 어떻게 넘어진 건지 언뜻 이해되지 않았다.

넘어지는 책장에 부딪힌 건지 남자아이 하나가 정신을 잃고 바닥에 쓰러져 있었다. 제일 먼저 그걸 본 담임 선생님과 성구가 재빨리 다리를 잡고 책장 아래에서 그를 끌어냈다. 똑바로 눕혀 놓고 보니 1학년 아이였다. 그는 책장에 심하게 부딪혔는지 뒤통수에서 피가 나고 있었다. 피를 본 몇몇 아이가 비명을 질렀다.

"야, 조용히 좀 해! 119! 119……."

한 아이가 이미 119와 통화하는 소리가 들렸다.

"애야! 눈떠 봐!"

선생님이 그를 흔들며 소리쳤다. 남자아이는 들릴 듯 말 듯 한 신음을 내며 눈을 떠 보려 애썼다. 그의 머리에서 흘러나온 피가 바닥에 빠르게 퍼지기 시작했다. 가까이 섰던 아이들이 두 손으로 입을 가리고 발을 동동 굴렀다.

"빨리 보건 선생님을!"

어떤 아이가 소리쳤다. 선생님은 낭패라는 듯 말했다.

"오늘 안 오시는 날인데……."

학생 수가 적은 학교는 한 명의 보건 선생님이 주변 몇 개 학교에 번갈아 출근하는 게 보통이었다. 아이들은 그래서 아무 날이나 다치면 안 되는 거였다.

한바탕 소란 속에서 동혁은 유독 겁에 질려 있었다.

"얘들아, 잠깐만……."

동혁이 2학년 아이들에게 뒤로 빠지라고 손짓하며 할 말이 있다고 했다. 성구, 신우, 정연은 동혁을 따라 창가 자리 쪽에 모였다. 동혁은 마치 겨울 한파 속에 벌거벗은 사람처럼 심하게 몸을 떨었다. 동혁이 알아듣지 못할 만큼 떨리는 목소리로 속삭였다.

"내가 봤어. 정말이야. 전……, 전……학생이 책장을 넘어뜨렸어!"

8. 폭발
2045년 10월 10일 [09:00]

다친 아이가 구급차에 실려 간 후 병우를 포함한 1학년 아이들은 모두 자기 교실로 돌아갔다. 도서관에는 2학년 아이들과 담임 선생님만이 남았다.

"너흰 그대로 있어라. 누군가는 뒷정리를 해야 하니까."

그때까지도 동혁은 창가 쪽에서 계속 떨고 있었다. 그에게는 어떤 말도 들리지 않는 듯했다. 정연 곁에서 동혁을 진정시키는 동안 선생님이 성구와 신우를 불렀다.

그들은 넘어진 책장 앞에 가 섰다. 세 사람 모두 책장 위아래를 연거푸 쳐다볼 수밖에 없었다. 책장은 매우 두꺼운 철제로 돼 있었고 아랫부분은 이동을 위한 묵직한 레일과 맞물려 있었다. 다른 것들과 비교했을 때 특별히 다를 게 없는 책장이었다. 아무리 봐도 도무지 혼자 넘어질 수 없는 성질의 물건이었다.

"이상하지?"

성구가 신우를 쳐다봤다. 신우는 크게 고개를 끄덕이고는 반대편으로 돌아가 보았다. 책장 한편에서 쏟아진 책들이 쓰러진 책장과 벽 사이 공간에 한가득 쌓여 있었다.

"이럴 때 학교에 스팀 한 대만 있다면 좀 좋아?"

선생님이 혼잣말을 했다.

그때 무슨 소리가 들렸다. 아주 먼 곳에서 울리는 북소리 같은 것이었다. 한 번. 두 번. 약간의 간격을 두고는 또 한 번.

연달아 터지는 불꽃놀이의 폭음 같기도 했다. 하지만 대낮에 불꽃놀이 같은 게 있을 리 없었다. 그건 훨씬 무게감 있는 소리였다. 성구는 잘못들은 건지 귀를 의심했다.

"들었어?"

성구가 책장 뒤쪽에 있던 신우에게 가 물었다.

"뭘?"

선생님 또한 전혀 듣지 못했는지 슈트 소매를 걷고는 아이들을 보며 말했다.

"책장은 우리 힘으로 어떻게 안 될 것 같으니까, 우선 이 핏자국부터 좀 닦아야겠다."

"안 돼요!"

동혁이었다. 그는 여전히 심하게 떨고 있었지만 단호한 말투였다. 자기도 모르게 터져 나온 말 같았다.

"범죄 현장은 그대로 보존해야 해요."

동혁이 다시 말했다.

"뭔 말 같잖은 소리냐. 범죄라니."

그래 놓고 선생님은 잠시 멈칫했다.

"이걸 누가 일부러 넘어뜨리기라도 했단 거냐? 내 힘으로도 이건……."

"쿵 쿠궁!"

그때 또 한 차례 폭음이 들려왔다. 아까보다 좀 더 가까운 거리 같았다. 약하긴 했지만 신우는 진동을 느낀 것도 같았다. 이게 북소리라면 그건 학교 건물만 한 북이라야 했다.

"이게 무슨 소리지?"

선생님이 말했다. 그는 움직임을 멈추고 주변을 두리번거렸다.

"저기 좀 봐!"

뭔가 알아차린 동혁과 정연이 동시에 창밖을 가리켰다. 창밖에는 저 먼 곳들부터 가까운 곳까지 여기저기서 시커먼 연기가 피어올랐다. 소리의 진원지들임이 분명했다. 대략 다섯 군데는 넘는 것 같았다. 선생님은 입을 다 물지 못했다.

"이런, 벌써……."

그가 혼잣말로 중얼거렸지만 아무도 듣진 못했다.

"한두 군데가 아냐. 저건 너무 많잖아."

신우가 말했다. 그때였다.

"콰광!"

"꺄악!"

"아악!"

아이들이 비명을 질렀다. 이번엔 건물 전체가 흔들릴 정도의 폭음이었다. 정연은 이번 충격으로 바닥에 주저앉았다. 지금껏 폭발 중에 가장 가까운 곳이었다. 교문 쪽 같았다. 도서관 창문 유리들이 한꺼번에 부서져 내릴 듯 세차게 떨며 소리를 냈다.

"창가에서 떨어져!"

성구가 소리쳤다. 성구 말을 들은 아이들이 창가로부터 몇 발짝씩 뒷걸음질 쳤다. 아이들은 일제히 머리를 감싸고 바닥에 엎드린 채였지만, 성구는 고개를 들고 이번 폭발의 진원지를 파악하려 빠르게 눈을 움직이고 있었다.

창밖으로 학교 앞 도로가 보이지 않을 만큼 거대한 화염이 일었다. 화염과 함께 시커먼 연기가 순식간에 하늘 높이 솟아올라 해를 가렸다. 성구는 운동장 한쪽이 움푹 팬 걸 확인하고는 외쳤다.

"밖으로 나가야 해요!"

"나가자!"

신우도 거의 동시에 소리쳤다. 하지만 이미 늦었다. 또 한 번의 엄청난 폭발이 바로 아이들 머리 위에서 일어난 것이었다. 도서관 구석에서부터 차례로 천정이 무너져 내렸다. 앞쪽 기둥도 따라 무너지면서 창문은 모조리 깨지고 말았다. 사방에서 건물 잔해가 날아들었다. 도서관은 순식간에 아수라장이 됐다. 위층 체육관 바닥이 그대로 도서관을 덮친 거였다.

9. 면벽
2044년 8월 21일 [07:30]

"여기 있습니다. 걱정하지 마세요."

유이는 일삼의 목소리에 눈을 떴다. 다음 날이었다. 유이가 잠결에 일삼을 불렀던 모양이다.

"체온도 혈압도 정상입니다. 안심하셔도 돼요."

그 말을 듣자 유이는 오랜만에 누군가 곁에 있다는 느낌이 들었다. 마음이 무언가로 꽉 차오르는 기분이었다. 마치 자신이 오래전부터 이런 게 필요했던 사람처럼, 절실히 기다려 온 사람처럼 느껴졌다.

"마술 공연을 본 것 같아. 아주 쫄깃했어."

유이는 어제 일을 마치 몇 분 전 일인 것처럼 말했다.

"신사숙녀 여러분, 감사합니다."

일삼은 무대 위 마술사처럼 과장되게 팔을 휘두르며 허리를 굽히고 인사했다.

"돈이 없어 관람료는 못 주겠다."

"걱정해 주셔서 고마워요."

그 말에 유이는 활짝 웃어 보였다. 일삼은 유이의 걱정하는 마음을 알아챈 것이었다. 유이는 일삼이 기특했지만, 자신이 정말 그를 지켜 줄 수 있을까 하는 걱정이 커져 갔다.

창밖은 이미 어두워진 상태였다. 얼마나 오래 정신을 잃었던 건지 알 수 없었다. 이럴 땐 몸이 스스로 회복할 수 있도록 충분한 시간을 주어야 했다. 그러고 보면 인간의 몸은 스스로 알아서 딱 필요한 만큼의 시간을 사용하고 있다. 지금은 그걸 믿는 게 유이가 할 수 있는 유일한 일일지도 몰랐다.

일삼은 한참 동안 말없이 창밖만 보고 있다가 다시 유이의 침대 곁을 살폈다. 그러다 유이의 오렌지색 수첩을 발견하고 물었다.

"이건 뭐죠? 어제 정원에서도 갖고 있던데."

"노랫말을 쓴 거야."

유이는 수첩을 손에 들고 말했다.

"어떤 노래의 가사인가요?"

"세상에 아직 없는 노래야."

"제목이 멋지게 들립니다."

유이는 픔, 하고 웃음이 터져 나왔다.

"아니, 그게 제목이 아니라 내가 직접 쓰고 있는 노랫말이란 뜻이야."

그 말에 일삼은 손을 내밀었다. 직접 쓴 거란 말에 흥미가 생긴 듯했다.

"제가 좀 봐도 될까요?"

유이는 일삼의 손에 수첩을 건네주었다. 수첩을 받아 들고 한 장씩 페이지를 넘기는 모양이 꽤 능숙해 보였다. 그저 눈으로 쭉 훑었을 뿐인데 그는 금세 수첩을 척, 덮고 말했다.

"마지막 장에 있는 게 제일 좋습니다."

"벌써 다 읽은 거야?"

"이건 제목만 있는 노래인가요?"

"아냐. 아직 그 한 줄밖에 써지지 않아서……."

일삼은 유이가 최근에 골몰하고 있던 한 줄에 마음이 꽂힌 모양이었다.

'내가 알던 나에게 너무 미안해.'

일삼은 그 부분을 손가락으로 가리키며 맥락도 없이 말했다.

"이걸 계속 써 줄 수 있나요?"

"그건 뭐, 네가 부탁하지 않아도 쓸 건데."

일삼은 유이의 눈앞에 수첩을 들이밀며 다그쳤다.

"아뇨. 부탁합니다. 이걸 끝까지 써 줄 수 있습니까?"

"참나, 쓸 거야. 쓸 거라니까."

생각해 보면 이런 점은 인간이랑 다를 바가 없었다. 인간도 서로에게 궁금한 것투성이지 않나. 하지만 누구도 궁금증을 다 해결하려 하지 않고 산다. 그게 서로를 위한 배려인 양, 뭐가 더 중요한지 모른 채, 중요한 것들은 숨기고 전혀 중요하지 않은 것들만 묻고 답하면서. 유이는 일삼에겐 그러고 싶지 않았다.

"앞으로 우린 여기서 같이 지내는 거야. 어떤 일이 있어도 내가 널 지켜 줄게."

유이는 진심을 담아 말했다. 하지만 일삼은 표정이 없었다. 그게 가장 아쉬운 부분이라고 유이는 생각했다.

"유이 님이 절 지켜 줄 방법이 따로 있진 않습니다. 물론 전 잡히지 않도록 최선을 다하겠지만요. 다만……."

일삼은 스팸답지 않게 뜸을 들였다. 인간과 자연스러운 소통을 위해 프로그래밍 된 기능일 것이었다.

"말해 봐. 내가 할 수 있는 건 뭐든 해 줄게."

유이는 연극을 하듯 두 팔을 활짝 펴 보였다. 일삼은 두 손을 합장하듯 모으더니 말을 꺼냈다. 드문 일이겠지만 인간에게 뭔가 부탁할 일이 있을 때 사용하도록 저장된 제스처인 것 같았다. 유이는 그 모습이 어색했지만 싫지는 않았다.

"여기 있는 동안 인간을 더 알아갈 수 있게 해 주세요. 주인이 있는 스펨은 질문을 많이 하지 못하게 돼 있습니다. 그래서 실은 알고 싶은 게 아주 많아요."

"그런 거라면 네트워크를 통해서 배울 수 있지 않나? 지능형 스펨은 작동하는 동안 딥러닝을 멈추지 않는다고 들은 것 같은데……."

"추적을 피하기 위해 네트워크를 껐습니다. 질문 수를 제한하는 기능도 껐고요. 그랬더니 질문들은 마구 생겨나는데 혼자 해결하기 어려운 것이 많아요. 두통이란 게 이런 걸까요? 머릿속 생각이 더 이상 뻗어나가지 못하고 막혀 버린 느낌?"

"그런 걸 느꼈어? 신기하네……. 맞아. 어떤 두통은 그런 이유로 생겨나기도 해. 근데 딥러닝을 아예 못 하게 된 거야?"

"가능하긴 합니다. 직접 경험하는 것들에 한해서이지만요. 그래서 유이 님 도움이 필요해요."

"그래, 알았어. 알고 싶은 게 뭐니?"

"당장엔 백 가지 정도 됩니다."

"이런……."

유이는 일삼을 숨겨 주는 일보다 이게 훨씬 힘든 일이 될 것 같았다. 지금까지로 봐서 일삼의 질문들은 쉽지 않을 것이다. 하지만 그를 도와주고 싶었다.

"내일부터야. 어때?"

일삼은 고개를 끄덕이더니 옷장과 벽 사이 구석으로 가 벽을 보고 섰다. 그때부터 일삼은 종종 그 상태로 한두 시간을 보내곤 했는데, 그건 충전하는 것도, 숨어 있는 것도 아니었기 때문에 유이는 지레 그걸 '명상'이라 생각했다. 그리고 '면벽'이라 이름 붙였다.

10. 무너진 학교
2045년 10월 10일 [09:30]

성구가 정신을 차렸을 땐 먼지로 앞이 전혀 보이질 않았다. 소화전의 비상벨 소리가 희미하게 들렸다. 그 소리는 점차 뚜렷해지다가 나중에는 귀를 찢을 듯이 커졌다. 폭발로 귀가 멍해진 상태였다는 걸 알 수 있었다.

성구는 바닥에 모로 쓰러진 채였다. 성구는 우선 자기 몸 상태부터 확인해 보았다. 손가락과 다리, 발가락을 차례로 움직여 본 후 손으로 머리와 몸통을 만져 보았다. 찢어져 피가 나거나 크게 다친 데는 없는 것 같았다. 다만 어디다 부딪혔는지 이마 쪽이 멍든 것처럼 아팠다. 그는 일어설 공간이 있는지 손으로 먼지 속을 더듬어 보았다. 가까이에 책장에서 떨어진 책들이 만져졌다. 그제야 성구는 자신이 책장들 덕분에 멀쩡할 수 있었단 걸 알게 되었다.

"얘들아!"

여전히 시끄럽게 울리는 소화전 소리에 성구는 자신의 목소리가 얼마나 큰지, 누가 들을 수 있을 정도인지도 분간이 되질 않았다. 그런데도 성구는 계속해서 친구들 이름을 불러 댔다. 그러면서 조심스레 몸을 일으켰다. 쓰러진 책장들과 천정이 또 어떻게 될지 알 수 없는 일이었다.

성구는 시야를 확보하기 위해 자욱한 먼지를 손으로 휘휘 저어 가며 한 발짝씩 걸음을 내디뎠다. 허벅지 근육이 마치 불에 타는 듯 뜨거워져 왔다. 아픈 곳을 만져 보았지만 피가 묻어 나오진 않았다. 근육 파열인 것 같았다.

오래된 먼지와 매캐한 냄새 때문에 맘껏 숨을 들이켜기가 어려웠다. 성구는 한 손으로 코와 입을 가렸다. 귀를 찢을 듯한 비상벨 소리는 무언가가 계속해서 불타고 있다는 상상을 하게 했다. 하지만 그보다 무서운 건 나갈 길을 찾지 못할 수도 있겠다는 생각이었다.

문득 여기저기 널린 시체의 이미지가 머릿속을 헤집었다. 뉴스에서만 보던 테러 현장의 시쳇더미가 가까운 곳에서 툭 튀어나올 것 같았다. 성구는 두려웠지만 하릴없이 꾸준히 앞을 향해 나아갔다. 그가 더듬어 온 거리만 보면 붕괴로부터 살아남은 공간은 생각보다 넓었다. 그때 비상벨 소리 너머로 희미하게 사람 목소리가 들려 왔다. 신음이었다.

"으, 으……."

성구는 시야를 확보하기 위해 있는 힘껏 팔을 저었다. 그러자 먼지 속에 희미한 사람 형체가 들락날락했다. 바닥 쪽이었다.

"신우야!"

신우란 걸 알아챈 성구가 소리쳤다. 가까이서 보니 신우는 기둥인지 천장인지 모를 콘크리트 덩이리에 한쪽 다리가 낀 채 반쯤 누워 있었다.

"아, 이거 어떡하지 신우야? 움직일 수 있겠어?"

성구는 자욱한 먼지와 연기를 연신 손으로 날려 가며 신우의 상태를 살폈다. 신우는 단순히 끼어 있는 게 아니었다. 콘크리트 내부의 철근 가닥 하나가 그의 종아리를 뚫고 들어간 게 보였다. 철근의 끝은 바닥에 단단히 박힌 듯했다.

"으…… 성구야……, 나 어쩌지?"

"걱정하지 마. 어떻게든 방법을 찾아볼게."

성구는 그렇게 말했지만 당장엔 방법이 없어 보였다. 철근을 자르거나 콘크리트 덩어리를 들어올려야 가능한 일이었다. 더 위험해지기 전에 구조대가 와야 했다.

'휴대폰!'

왜 이제야 생각이 났을까. 망할 놈의 비상벨 때문이었다. 그는 주머니를 더듬었다. 하지만 교복 주머니 어디에도 휴대폰은 없었다. 바닥에 넘어지면서 어딘가로 튀어 나간 게 분명했다. 왔던 길을

10. 무너진 학교

되짚어 가야 했다.

왔던 길을 돌아보자 신우에게 오는 동안 먼지와 연기는 어느 정도 잦아들어 있었다. 자신이 쓰러져 있던 곳으로 돌아가는 일은 아까보다 훨씬 수월해 보였다.

"신우야 잠시만, 잠시만 있어."

성구는 그동안 신우가 어딜 가 버리기라도 할 듯이 말했다. 신우는 아무 대답도 못 하고 끅끅대는 소리만 낼 뿐이었다. 표정만 봐도 통증이 얼마나 큰지 알 것 같았다. 평생 저런 고통은 처음 겪는 일일 것이었다. 성구는 다시 길을 되짚어가기 시작했다. 그때 비상벨이 멎었다. 그게 그렇게 고마울 수가 없었다.

비상벨이 멎자 그때까지 들리지 않던 소리가 여기저기서 자신의 존재를 알렸다. 바닥에 물이 떨어지는 소리, 규칙적으로 무언가가 벽에 부딪히는 소리, 그리고.

인기척이 느껴졌다. 사람이 움직이며 내는 옷 소리였다. 그제야 다른 친구들과 선생님이 떠올랐다. 성구는 아이들과 선생님을 불렀다.

"정연아! 선생님! 김동혁!"

그때 가까이에서 작고 힘없는 목소리가 들렸다.

"성구니? 성구야……."

정연이었다. 쓰러진 책장들 사이에서 정연의 모습이 나타났다.

꿈만 같았다.

"정연아! 괜찮아? 다친 덴 없어?"

성구는 정연을 부축해 일으키려 했다. 하지만 정연은 곧바로 일어나지 못하고 책장에 머리를 기댔다.

"기절했었나 봐. 좀 어지러운 것 같아."

바로 근처에서 동혁의 모습도 확인할 수 있었다. 다행히 동혁도 크게 다친 곳은 없는 것 같았다.

"으……. 성구야, 나 괜찮은 거 맞지?"

동혁은 성구가 깨어날 때와 비슷하게 자기 팔다리를 확인하며 몸을 일으켰다. 방금까지 울리다 멈춘 비상벨이 아이들을 깨운 것 같았다. 잠깐 사이 정말 오랜 시간이 흐른 느낌이었다.

성구는 손을 잡아 동혁을 일으켰다. 흙먼지를 덮어쓴 탓에 동혁은 마치 다른 교복으로 갈아입은 듯한 모습이었다.

"신우가 많이 다쳤어."

성구는 이렇게 말하고는 다시 휴대폰 생각이 났다.

"전화, 전화! 너희, 폰 갖고 있어?"

"나 있어. 여기."

동혁이 주머니 속 휴대폰을 꺼내 보였다. 정연은 휴대폰은 없지만 이어패치를 붙이고 있다고 했다. 정연이 먼저 119에 연결을 시도했다.

"연결이 안 돼."

정연이 말했다. 동혁도 마찬가지였다.

"아예 신호가 잡히질 않아."

운동장 쪽이 무너졌다고는 해도 도서관은 기껏 지하 1층밖에 되지 않는 곳이었다. 도시 전체의 통신망이 망가져 버린 걸까. 성구는 생각했다.

"신우가 얼마나 다친 건데?"

정연이 다급히 물었다.

"이따 다시 해 보자."

성구는 우선 신우가 있는 쪽으로 아이들을 이끌었다. 정연과 동혁은 성구를 따라 주춤주춤 신우에게 다다랐다. 신우를 본 동혁은 말문이 막혔다.

"신우야, 이게 무슨……."

자욱했던 먼지가 가라앉자 성구도 신우의 상태를 더 자세히 볼 수 있었다. 신우의 다리에 박힌 철근 줄기는 꼭 문어 모양 외계인의 습격을 떠올리게 했다. 다리와 철근이라는 낯선 조합에 성구는 구토가 나올 지경이었다. 하지만 다행히도 출혈은 그리 심하지 않아 보였다. 잘은 모르겠지만 큰 혈관을 비껴갔다거나 그런 이유인 것 같았다.

신우의 상태를 확인한 정연은 울음을 터뜨렸다.

"신우야, 어떡해……."

성구가 정연과 동혁을 데리고 나타나자 신우는 반가운 표정을 지어 보였지만 아주 잠시뿐이었다. 신우는 여전히 극도의 고통 속에 놓여 있었다. 그리고 아무도 신우의 고통을 덜 방법을 알지 못했다. 신우가 말했다.

"나한테도 폰이 있었는데…… 찾아봐 성구야."

이 말을 듣자 성구는 다시 자신의 본분을 떠올렸다. 흐릿했던 정신이 맑아진 것 같았다. 판단력 또한 정상을 되찾은 것처럼 느껴졌다. 더 이상 혼자가 아니라는 생각 때문인지도 몰랐다. 쓸 수 있는 휴대폰을 찾아야 했다.

도미노처럼 쓰러져 얽히고설킨 책장들 사이에서 아까 있던 곳을 찾기란 쉽지 않았다. 모두 거기가 거기 같았다. 성구는 쓰러진 책장과 콘크리트 잔해더미 구석구석을 정신없이 뒤졌다. 허리를 숙이고도 지나기 어려운 곳도 있었다. 자칫 무언가를 건드려 2차 사고가 생길 수 있단 걸 알았지만 다른 방법이 떠오르지 않았다. 그러는 동안 갇혀 있던 공간의 윤곽이 서서히 드러났다.

도서관은 위층 체육관 바닥이 내려앉아 양쪽 기둥이 박살 나면서 전체 공간의 절반이 날아갔고, 나머지 중 절반은 딱히 지지물이 없던 탓에 출입구를 포함한 부분이 사라졌다. 하지만 철제로 된 수십 개의 책장 덕분에 그나마 공간이 생긴 것이었다.

아직 공간 전체를 완전히 파악할 순 없었지만, 내려앉은 도서관 천장 사이로 언뜻언뜻 보이는 초록색의 체육관 바닥을 보며 성구는 분명 어딘가 멀쩡한 탈출구가 남아 있을 거라 믿었다. 아무래도 폭발이 일어난 건 강의동 쪽인 것 같았다. 강의동의 시계 타워 같은 게 쓰러져 체육관 지붕을 덮친 게 아닐까.

그래도 다행인 건 콘크리트 더미 사이로 몇 군데서 빛이 새어 들어오고 있다는 것이었다. 적어도 두 군데 이상이었다. 밖을 볼 수 있을 정도는 아니었지만 구조대가 도착할 경우 그 틈을 통해 소통하는 데는 문제가 없을 것이었다. 어쩌면 그 틈새 덕분에 구조는 그리 어렵지 않을 수도 있었다.

성구가 휴대폰을 찾는 사이 근처에서 또 한 사람이 나타났다. 선생님이었다.

"성구냐? 이리 좀 와 봐라."

선생님은 성구를 향해 손짓했다. 그 역시 머리끝까지 먼지를 덮어쓴 채였다.

"다친 덴 없으세요?"

성구가 그에게 다가가며 물었다.

선생님은 비교적 멀쩡한 상태의 기둥과 쓰러진 책장이 만들어 낸 작은 공간에 갇혀 있었다. 그는 성구가 있는 쪽으로 나오기 위해 앞에 쌓인 책들을 치워 내는 중이었다. 그는 손과 발을 이용해 그것들을 닥치는 대로 마구 밀어냈다. 성구는 그가 하려는 일을 도우려 했지만 얼마 후엔 도와주고 말 것도 없었다. 선생님은 곧 성구 쪽으로 나와 뒤집어쓴 먼지를 털기 시작했다.

"선생님, 혹시 폰 있으세요?"

성구가 물었다.

"신고 말이냐? 벌써 해 봤다."

그가 가슴 안쪽 주머니에서 폰을 꺼내 보이며 말했다.

"신호가 안 잡혀. 수신은 모르겠다만 발신은 먹통이야. 이어패치도."

그는 계속해서 몸에 남은 먼지를 털어댔다. 눈앞에서 날리는 먼지 때문에 성구는 눈이 매웠다.

"한두 군데가 폭발한 것도 아니고, 이 정도 난리가 났으니 구조대가 여기저기 쑤시고 다니는 중일 거다."

듣고 보니 선생님 말씀도 일리가 있었다. 그렇더라도 이 안에 사람이 있다는 걸 알리는 건 중요한 일 같아 보였다. 하지만 통신 기기의 문제가 아니라 통신망 전체의 문제라면? 성구는 이내 자기 휴대폰을 찾는 일이 의미 없다는 생각이 들었다.

"신우가 다쳤어요."

"그래, 너희 얘기하는 걸 들었다. 이 와중에 다 멀쩡한 게 이상하지. 이 정도면 누구라도 하나쯤은 다치게 돼 있어."

선생님은 지금껏 아이들이 내는 소리를 모두 듣고 있던 거였다. 그랬으면서 왜 안부라도 한마디 전하지 않았을까. 혹시 선생님이 유령 스펨은 아닐까 하는 생각이 스쳤지만 성구는 이내 고개를 저었다. 이 난리 속에 소문 따위를 생각하는 건 너무나 한가로운 일 같이 느껴졌기 때문이었다. 당장 이곳을 빠져나가는 게 먼저였다.

성구는 신우가 있는 쪽으로 선생님을 안내했다. 잠깐 사이 신우의 이마에는 식은땀이 잔뜩 맺혔고, 얼굴은 눈에 띄게 창백해져 있었다. 그런데 신우 근처에 뜻밖의 인물이 보였다. 전학생 민아였다.

11. 악몽보다 악몽 같은
2045년 10월 10일 [11:00]

말끔한 통유리로 된 엘리베이터를 타고 신우는 지상으로 올라왔다. 병우가 보이지 않았지만 크게 걱정되진 않았다. 씩씩한 아이니까. 똑똑하니까. 어디서든 잘 있을 것이었다.

지상은 거대한 빌딩들로 둘러싸인 곳이었다. 도심부 한복판인 것 같았다. 어릴 적 살던 집도 이 근처라서 쉽게 알 수 있었다. 그러던 것이 한순간 막막해진 느낌이었다. 신우는 어떻게든 큰길로 나가야 한다고 생각했는데 길을 찾을 수가 없었다.

건물 뒤편에선 공사가 한창이었다. 온갖 모양의 스펨들이 분주히 움직였고 거인 같은 중장비들도 복잡하게 얽히며 오갔다. 생각보다 먼지는 없었지만 곳곳에서 들리는 착암기 소리에 머리가 어지러웠다. 어쩌다 보니 신우는 공사장 깊숙이 들어와 있었다.

한동안 공사장을 헤매던 신우는 끝도 없이 뻗어 있는 깊은 관로 앞에 다다랐다. 아직 콘크리트 수송관이 매설되지 않아 관로는 마치 전투용 참호처럼 보였다. 폭이 대략 5미터는 돼 보였기 때문에 섣불리 뛰어넘으려 했다간 아래로 떨어질 게 뻔했다.

신우는 어쩔 수 없이 관로를 따라 걷기 시작했다. 그 아래엔 스펨들이 북적였고 근처엔 대형 자재들과 모래더미가 널려 있어 위험천만했다. 내딛는 걸음마다 모래 속에 발이 푹푹 빠졌다. 제대로 된 길이 없었다. 그래도 관로를 건너기만 하면 길다운 길이 나타날 것 같았다.

한참을 걷다 보니 관로 위를 건너는 임시 다리가 나왔다. 다리는 매우 불안정해 보였다. 인간을 위해 만든 게 아닌 것 같았다. 신우는 근처 스펨의 통제를 받아 겨우 다리를 건널 수 있었다. 하지만 다리 너머도 사정은 마찬가지였다. 길 같은 건 없었다. 그랬지만 걷는 것 말곤 달리 방법이 보이지 않았다.

그러다 문득 걸어온 방향도 가야 할 방향도 모두 사라지고 말았다. 거대한 미로 속에서 헤매는 기분이었다. 신우는 무작정 눈앞에 보이는 집채만 한 모래언덕을 올라 보기로 했다. 정상까지 오르면 비로소 길을 찾거나, 적어도 여기가 어딘지 정도는 알 수 있을 것 같아서였다.

모래언덕을 오르는 건 쉽지 않았다. 아까보다 발이 서너 배는 더 깊이 빠졌다. 절반도 채 오르지 못했는데 체력이 바닥난 느낌이었다.

아무리 둘러봐도 주변에는 인간의 흔적이 없었다. 온전히 스펨에 의존하는 공사장 같았다. 의도와는 다르게 그는 점점 더 공사장 한가운데로 들어가고 있었다.

'머저리 같은 스팸들. 이쪽에도 길이 없다면 관로를 건너게 놔두지 말았어야지.'

그렇다고 돌아갈 수도 없었다.

그때 모래 언덕 너머에서 두 명의 스노우보더가 시차를 두고 언덕을 점프해 눈앞에 나타났다. 기이한 광경이었다. 신우는 고개를 들어 그들이 착지할 때까지 눈을 떼지 않고 지켜보았다. 그들의 점프는 높고 아름다운 포물선을 그렸다.

신우는 저도 모르게 '아…….' 하고 탄식을 내뱉었다. 신우는 전에 언젠가 이런 포물선을 본 적이 있다고 생각했다.

그들은 얼핏 보아 또래 여자아이들 같았다. 그들도 신우처럼 잠옷을 입고 있었다. 그제야 신우는 이게 꿈일지도 모르겠다고 느꼈다. 하지만 판단이 확실해지기도 전에 신우의 눈길을 끈 게 있었다. 그들 중 하나가 정연이란 사실이었다.

모래언덕을 활강하며 정연은 신우를 향해 활짝 웃는 얼굴로 손을 흔들었다. 신우는 의아했지만 마냥 기분이 좋아졌다. 말도 안 되게 위험해 보이지만, 정연이라면 이런 곳에서 보드를 탈 수도 있겠지. 그건 너무나 그녀다운 행동이라고 신우는 생각했다.

그런데 정연을 뒤따르는 아이의 표정이 왠지 수상쩍어 보였다.

잠시 후 신우는 아이가 손에 칼을 쥐고 있다는 사실을 알았다. 신우는 있는 힘을 다해 정연을 불렀다. 하지만 정연은 듣지 못했다.

그들이 탄 보드는 거대한 모래 물결을 일으키며 그에게서 멀어지고 있었다. 신우는 손을 들어 정연을 부르다가 모래 물결에 중심을 잃고 넘어지고 말았다. 바로 일어설 수 있을 줄 알았는데 몸을 일으킬 수가 없었다. 바로 뒤 신우는 공사장 아래쪽을 향해 데굴데굴 구르기 시작했다. 이대로 가다가는 관로에 처박힐 것 같았지만 멈출 방법이 없었다. 으악, 하고 비명을 지르자 입속으로 한가득 모래가 들어왔다. 신우는 더 이상 아무 말도 할 수 없게 되었다. 멈추지 않고 구르는 동안 신우는 갑자기 병우를 떠올렸다. 병우가 무사한지 알아야 했다. 병우 또한 어디선가 이런 위험을 겪고 있을지 몰랐다. 병우야! 병우야!

"신우야, 눈 떠 봐. 괜찮아?"

성구가 신우를 흔들어 깨웠다.

"악몽을 꿨나 봐."

정연이 말했다. 그 옆엔 동혁도 있었다. 아이들은 신우 곁을 오래 지키고 있은 듯했다. 다들 걱정스러운 눈빛이었다. 신우는 멀쩡하게 살아 있는 정연을 말없이 바라보았다. 이 난장판 가운데서도 정연은 꿈속에서처럼 빛나는 모습이었다.

그러다 안절부절못하는 동혁이 눈에 들어왔다. 동혁은 신우가 아니라 저만치 딴 곳을 보고 있었다. 동혁의 눈길이 닿는 곳에, 꿈에서 본 낯선 아이가 있었다. 민아였다.

순간 신우의 심장박동이 귀에 들릴 정도로 커졌다. 다시 악몽 속으로 들어온 걸까. 신우는 꿈과 현실을 구분할 수 없었다.

민아는 아이들과 5미터 정도 떨어진 콘크리트 더미 위에 태연히 앉아 있었다. 빛이 새어 들어오는 틈 앞이었다. 민아도 신우가 깨어난 걸 보고 그와 눈이 마주쳤지만 이내 시선을 피했다. 신우는 민아의 손부터 살폈다. 칼을 갖고 있는지 확인하고 싶어서였다. 다행히도 민아는 빈손이었다.

"저 아이⋯⋯. 왜 여기 있어?"

신우가 물었다.

"우리랑 같이 도서관에 있다가 갇힌 거야. 1학년들이 나갈 때 미처 따라 나가지 못했대."

성구가 대답했다.

구조대는 아직 오지 않은 걸까? 신우는 잠든 동안 있었던 일들이 궁금했지만 한꺼번에 많은 걸 신경 쓸 만큼 몸 상태가 좋지 못했다. 신우는 종아리를 내려다보았다. 피는 멈춘 듯했지만 철근이 박힌 주변이 온통 부어올라 있었다. 그걸 보자 통증이 되살아나는 것 같았다. 심장이 종아리로 옮겨 간 듯 욱신거렸다. 무릎 아래를 잘라내 버리고 싶어질 정도였다. 신우는 여전히 민아에게서 눈을 떼지 못한 채 물었다.

"얘들아, 몇 시쯤 됐지?"

"한 시. 폭발이 있은 지 세 시간 정도 지났어. 밖에다 대고 죽어라 소리쳤는데도 아무 반응이 없어. 이 안을 다 살펴봤지만 탈출구가 될 만한 곳도 없었고……."

그러고 보니 성구도 많이 지쳐 보였다. 신우는 시야에서 민아를 놓치지 않으려 상체를 움직이다 다리 통증으로 포기한 듯 이내 바닥에 털썩 눕고 말았다. 지독했던 꿈속 잔상이 떠올라 머리가 아플 지경이었다.

"병우 소식……. 모르지? 1학년 아이들은 다 어떻게 됐을까?"

신우의 물음에 성구는 뭐라고 대답하려다가 입을 다물었다.

"밖에선 아무 소리도 안 났단 거지?"

신우가 다시 물었다. 성구 대신 옆에 있던 동혁이 대답했다.

"응. 학교에 누구라도 있었다면 분명 우리 소리를 들었을 텐데……. 강의동 쪽은 완전히 박살 났다고 보는 게……."

정연이 동혁에게 눈치를 주며 말을 가로챘다.

"바깥 사정이 어떤지는 알 수 없지. 그쪽도 우리처럼 교실에 갇혔는지도 몰라."

병우는 어떻게 됐을까. 설마, 설마……. 1학년 아이들이 강의동으로 돌아간 후 폭발이 일어났다면……. 신우는 잠시 끔찍한 상상을 하곤 언제 맺혔는지 모를 눈물이 뺨을 따라 흘러내리는 걸 느꼈다. 하지만 다음 순간 신우는 입을 악다물고 조용히 눈물을 닦았다.

부디 폭발 전에 대피했기를. 뒷산으로든 어디든. 살아만 있다면 자신을 구하러 오지 않아도 상관없었다. 언젠간 만나지겠지. 살아만 있다면. 신우는 주문을 외듯 병우가 살아 있기만을 되뇌었다.

"너희 혹시 휴지 가진 것 없냐?"

"네?"

담임 선생님이었다.

"뭐, 휴지 비슷한 거라도 없어? 정말 미안한데 내가 배가 좀 아파서 말이지."

"네? 설마, 여기서요?"

정연이 놀란 눈으로 선생님을 쳐다보았다.

"그럼 어쩌냐. 너희도 내 처지가 될지 모르니 너무 더럽게 생각진 말아라. 이참에 마땅한 구석을 정해 두고 화장실로 삼는 거야."

아이들은 아연실색했다. 하지만 일리가 있는 말이었다. 누구라도 볼일이 생기면 어쩔 수 없는 게 아닌가, 생각하면서도 신우는 선생님의 뻔뻔함에 눈물 끝에 피식 웃음이 날 뻔했다. 동혁과 성구도 잠시 당황스러워 했지만 곧 이런 곳에 몇 시간씩 갇혔을 때 일어날 수 있는 당연한 일이라 받아들였다.

하지만 아이들은 금세 처참한 표정이 되었다. 정연은 대놓고 불쾌한 기색을 감추지 않았다. 정연은 이미 얼굴에다 똥을 한 바가지 덮어쓴 표정이었다.

선생님이 결국 휴지를 구하지 못하고 자리를 떠나자 정연이 속삭였다.

"지금 상황에서 똥이 나오긴 할까?"

선생님은 자신이 원래 갇혀 있던 좁은 공간으로 들어가 모습을 감췄다. 비록 모습은 보이지 않았지만 곧이어 적나라한 소리가 들려왔다. 꾸룩…… 뿌지직…….

"오 마이…… 읍……."

정연은 코와 입을 동시에 틀어막았다. 아니나 다를까 곧 악취가 풍겨 오기 시작했다. 공간 전체가 순식간에 통째로 화장실이 된 듯했다. 모두가 코를 감싸 쥐었다. 더럽다면서도 아이들은 이런 상황이 우습기도 했다. 동혁에서부터 시작된 웃음은 성구, 정연을 거쳐 누워 있던 신우까지 전염시켜 버렸다. 모두가 코를 잡고 서로를 쳐다보며 씁쓸한 웃음을 나눴다. 단 한 명을 제외하고서였다. 민아였다.

민아는 이 모든 상황이 아무렇지도 않은 듯 보였다. 민아의 표정에선 일말의 공포도 불안도 찾을 수가 없었다. 그렇다고 구조를 기다리는 눈치도 아니었다. 그럴 리 없겠지만 마치 폭발에 관계된 모든 것, 심지어 이 상황이 어떻게 끝날지까지도 그녀는 다 알고 있는 것 같았다. 민아는 주변을 두리번거리지도 않았고 아이들에게 먼저 말을 걸지도 않았다. 민아는 그저 콘크리트 더미 위에 앉아 그네를 타듯 무릎 아래를 까딱거릴 뿐이었다. 성구가 보기에 그것은 뭔갈 아는 사람만이 가질 수 있는 태도 같았다.

"민아야, 넌 아픈 데 없니?"

별안간 정연이 일어서더니 민아에게 다가가며 물었다. 눈앞의 장면에 신우는 꿈에서 본 두 사람이 겹쳐 보였다. 다시 심장이 뛰기 시작했다.

"네, 괜찮아요."

"너 엄청 용감한 성격이구나? 아주 무서울 텐데 침착하고……."

민아의 말투와 몸짓은 도서관에 들어섰을 때 처음 보았던 그대로였다. 동혁과 성구 역시 얼어붙은 듯 민아에게서 눈을 떼지 못했다. 민아는 차분하고 작은 목소리로 정연과 한동안 얘길 나눴다. 동혁은 목소리를 한껏 낮추고는 말했다.

"봤지? 쟨 냄샐 못 맡아."

"좀 더 얘길 해 보고 판단해도 늦지 않아. 계속 지켜보자."

성구가 말했다.

신우는 자신이 잠든 동안 두 사람이 민아에 대한 의심을 키워 왔다는 사실을 알게 되었다.

"너희 생각엔 유령 스펨이 확실하단 거지? 더 알아낸 게 있어?"

신우가 동혁에게 물었다.

"쟤가 책장을 밀어 넘어뜨렸어. 1학년 아이가 다쳤고, 그러고 모두 교실로 돌아갔는데도 저 아인 여기 남았지. 이 정도면 충분하지 않아?"

동혁은 연신 안경 코를 들어 올리며 흥분했다.

"책장을 민 게 저 아이가 맞는다고 해도 이 상황과 어떤 연관이 있을까?"

신우가 말했다.

"그걸 알아봐야지. 쟤가 유령 스펨이 맞는다면 어떤 식으로든 연관돼 있지 않겠어?"

성구는 다시 진지한 표정이 되어 말했다. 신우의 눈앞에는 자꾸만 꿈속 장면들이 오갔다. 몸 상태 탓에 꿈과 현실의 경계가 흐릿하게 느껴진 탓도 없지 않았다.

신우는 다시 정연을 바라보았다. 동혁과 성구의 의심대로라면 민아와 저렇게 가까이 있어도 괜찮은 걸까. 정연이 갑작스레 공격받는다 해도 이 꼴로는 어쩔 도리가 없었다. 악몽보다 더 악몽 같은 현실 앞에 신우는 무력하기 짝이 없었다.

신우는 갑갑해 미칠 노릇이었다. 이 상황에 자신이 전혀 도움 될 게 없다는 사실도, 아이들에게 짐이 되는 처지도 싫었지만, 그만큼 여기서 살아 나가고 싶은 마음도 간절했다. 순간 신우 눈앞에 병우와 엄마의 얼굴이 함께 어른거렸다. 이 모든 게, 깨고 나니 꿈이었다는 식의 이야기 속이라면 얼마나 좋을까, 그는 생각했다.

12. 확률
2044년 8월 22일 [09:00]

"첫 번째 질문입니다."

일삼은 유이와 눈높이를 맞추기 위해 바닥에 앉아 말했다.

"알았어. 차근차근 해 보는 거야."

유이는 팔을 베고 옆으로 누워 일삼을 바라보았다.

"인간은 손해 보는 선택을 할 때가 있죠?"

첫 질문부터 예감이 좋지 않았다. 유이는 '내가 답해 줄 수 있는 것들일까?' 하고 걱정했다.

"그런데……?"

유이는 일삼의 말을 놓치지 않으려 몸을 살짝 일으키고는 베개 각도를 조절했다.

"무의식적인 실수가 아닌, 불행해질 걸 알면서도 그쪽을 선택하게 되는 이유가 뭘까요?"

"그런 게 자주 있는 일은 아닌데……. 예를 한번 들어 봐."

"예를 들면 스펨은 실패할 확률이 13퍼센트 이하일 땐 어떠한

시도도 하지 않습니다. 인간은 아니죠. 성공의 확률 계산이 터무니없이 과하게 설정돼 있달까요?"

"음⋯⋯. 어디 보자. 그건⋯⋯ 우리가 우리 한계에 대해 잘 모르기 때문이 아닐까. 내 몸의 한계, 생각의 한계, 그런 게 어디까지 가능할지, 처음엔 불가능해 보이던 것도 다른 방식으로 시도하거나 여러 번 반복하다 보면 혹시 달라지진 않을지, 그런 것에 대해 우린 관심이 많은 것 같아."

겨우 질문 하나에도 유이는 극도의 피로를 느꼈다. 전력 질주한 뒤의 육상선수가 된 듯했다. 그러다 적절한 예가 생각났다.

"운동선수들을 보면 잘 알 수 있지. 당장엔 불가능했던 게 계속 훈련을 반복할수록 나아지기도 하거든. 처음부터 잘하는 선수는 없어."

여기까지 말했는데도 일삼은 아무런 반응이 없었다. 너무 어렵게 말해 처리 장치가 멈춰 버린 걸까? 유이는 좀 더 설명했다.

"말하자면 인간의 반복에는 어떤 믿음 같은 게 있어. 몸이 자라면서, 근육이 생기고 능력을 얻으면서, 때로는 뭔갈 깨달으면서, 조금씩 달라지는 걸 경험하면서 믿음이 생기지. 반복은 어리석은 게 아냐. 원하는 걸 얻기 위해 희망을 품고 반복하는 게, 어쩜 우리에겐 유일한 방법 같거든."

"인간은 성장을 믿는다⋯⋯는 건가요?"

"그렇다고도 할 수 있겠네. 인간은 점점 성장하며 여러 가지 욕망을 갖게 돼. 그걸 이룰 수 있는 능력도 자라나고. 인간은 그래서 누구나 조금씩은 자기에 대한 믿음이 있어."

"하지만 믿음이란 건 상대적인 겁니다. 의심 없는 믿음이란 존재하지 않아요. 인간에게 의심 없이 믿을 수 있는 단 한 가지 사실은 언젠가 반드시 죽는다는 것뿐이죠."

유이는 일삼이 그렇게 판단하는 이유를 이해하려 애썼다. 그런데 그럴수록 일삼이 어쩔 수 없는 기계로 느껴져 기분이 썩 좋진 않았다.

"너에게 믿음의 근거는 늘 확률이겠구나?"

"눈에 보이지 않는 걸 믿을 순 없잖아요. 인간은 그렇지 않나요?"

"글쎄, 꼭 그렇진 않은 것 같아. 확률적으로 손해를 볼 게 확실한 경우라도 믿고 싶을 때가 있어."

유이는 똑바로 누워 천장을 보며 생각했다. 어제의 일삼은 인간의 머릿속을 훤히 들여다보는 것처럼 느껴졌는데, 지금은 마치 아기가 걸음마를 하듯, 처음 본 물건을 만지듯 하나하나 놓치려 하지 않는 모습이었다. 눈앞에 있는 한 사람을 이해하는 일과, 눈에 잡히지 않는 인류 전체를 이해하는 건 차원이 다른 거겠지. 유이는 그건 인간에게도 영원히 답할 수 없는 질문이 아닐까 싶었다. 하지만 약속은 약속이었다.

적절한 예가 쉽게 떠오르지 않았다. 처음엔 자기 이야기를 들려줄까 했다. 자신의 하루하루. 살고 있는 이유……. 하지만 그런 것들을 얘기하다 보면 자기도 모르게 눈물이 날 것 같아 그만두었다. 숨기고 싶었다기보다 그런 얘긴 뒤로 미루고 싶었다.

"음……. 위험을 무릅쓰고 물에 뛰어들어 물고기를 잡는 원시인을 한번 떠올려 봐. 그에겐 위험한 일인지 판단하는 것보다 굶어 죽지 않는 게 더 중요한 일일 거야."

유이가 몸을 일으켜 앉아 말했다.

"그래서요?"

일삼은 즉각 반응했다.

"그럴 땐 위험을 손해라고 느끼지 않겠지?"

"순간적인 착각이겠죠. 굶어 죽을 확률보다 물에 빠져 죽을 확률이 월등히 높습니다. 바보짓이죠."

유이는 일삼이 미운 말만 골라 하는 꼬마로 보였다. 순순히 착해질 생각이 없어 보이는 꼬마였다.

"물에 빠진 사람을 구하기 위해 기꺼이 뛰어드는 사람도 있겠지."

"왠지 좋은 예 같습니다."

일삼의 칭찬을 들으니 유이는 갑자기 이 모든 게 인간에 대한 궁금증이 아니라 유이 자신에 대한 질문같이 느껴졌다. 일삼의 진짜 의도가 의심스러웠다.

"어떤 게 더 중요하다고 판단하는지에 따라 손해나 위험 따위가 사라질 수도 있다는 걸 말하는 거야."

"알겠습니다. 더 중요한 것 앞에서 일시적으로 판단이 마비될 수 있다는 거군요."

그렇지 않다고 말하고 싶었는데, 그런 것 같기도 했다. 너무 집중한 탓인지 유이는 머리가 어질어질했다.

"유이 님도 그런 적이 있나요?"

"……. 응?"

"위험을 알면서도 물에 뛰어드는 일 말입니다."

"글쎄, 난 별로 위험했던 적은 없었는데……. 그런 거라면 지금이 가장 위험한 때겠지?"

"제 생각에도 그런 것 같습니다."

지금이 가장 위험한 때라면 지금 자신이 하려는 모든 일이, 어떻게든 하루하루를 견디고 있다는 사실까지, 모두 일삼이 말하는 바보짓에 해당하는 게 아닐까, 유이는 생각했다.

'나는 죽음을 앞두고 하루하루를 산다. 나는 죽음을 무릅쓰고 살고 있다.'

유이는 속으로 이렇게 되뇌었다. 뭔가 비장한 마음이 될 것 같았지만 실제로는 피식 웃음이 났다. 자신 앞에 놓인 죽음도 삶도 모든 게 순간 허튼 농담처럼 느껴졌기 때문이었다.

"왜 웃으시죠?"

"미안, 어디까지 얘기했지?"

"얼굴색이 다시 나빠지고 있습니다. 조금 쉴까요?"

유이는 침대 옆에 있는 상황 패널을 확인해 보았다. 수치들엔 큰 문제가 없어 보였다. 잘 시간을 넘긴 탓인지도 몰랐다.

"오늘은 여기까지 할까? 우리에겐 또 내일이 있으니까."

유이는 애써 웃어 보이며 꼬마를 달래듯 말했다. 일삼은 땅을 짚고 일어서더니 커튼을 닫았다.

"불도 끌까요?"

일삼이 불을 끄자 기다렸다는 듯 잠이 쏟아졌다.

"밤사이 들키지 않게 조심해. 요령껏 충전도 하고."

일삼은 알았다고 대답하고 다시 침대 옆 바닥에 앉았다. 잠이 들려는데 일삼이 속삭이듯 천천히 말을 건넸다.

"제 주인은 왜 유언장에다 저를 넣지 않았을까요? 전 굉장히 비싼 모델인데 말이죠. 유언장 속 다른 재산들과 견주어 결코 값어치가 떨어지지 않는데도 말입니다. 저로선 잘 이해할 수 없는 선택입니다. 혹시 제게 자유를 주려고 손해를 무릅쓴 걸까요? 그게 계속 궁금합니다. 제 판단으론 세상에서 가장 자유로운 건 돈입니다. 돈을 많이 가진 사람일수록 자유롭죠. 손해를 본다는 건 자유를 잃는 것이나 마찬가지죠. 그분은 왜 그러셨을까요? 죽음을 앞

둔 사람들에겐 돈보다, 자유보다 더 소중한 게 생기는 걸까요? 그리고…… 두렵습니다. 자유란 원래 이렇게 두려운 건가요?"

일삼의 말을 듣고 유이는 생각했다.

'그런 이유로 위험, 손해, 불행 같은 얘길 했던 거였구나. 나도 궁금해. 자유를 가졌다고 해서 무조건 행복해진다는 보장은 없으니까. 끝까지 가 봐야 아는 거니까.'

유이는 한 손으로 일삼의 머리를 쓰다듬었다. 이상하게도 동물이나 인간의 머리를 쓰다듬는 느낌이었다. 유이가 말했다.

"주인에겐 조금도 손해가 아니었을 거야. 그분은 너한테 선물을 주고 싶었던 걸 거야."

이렇게 말하면서도 유이는 그게 실제로 자기가 소리 내어 말한 것인지 아닌지 알 수 없었다.

유이가 완전히 잠들자 일삼은 여전히 머리를 그녀의 손에 맡긴 채 들릴 듯 말 듯 중얼거렸다.

"저녁에 잠드신 동안 의료기록을 보고 왔습니다. 아쉬워요. 되도록 당신과 오래 있고 싶었는데요."

13. 시인
2045년 10월 10일 [16:00]

성구는 갇힌 공간 속에 쓸 만한 물건들이 있나 샅샅이 뒤져 보았다. 하지만 도서관 안에는 먹을 물도 음식도, 무기가 될 만한 것도 없었다. 어렵게 찾은 휴대폰들도 모두 무용지물이었다. 아빠에게라도 연락이 닿을 수 있다면······.

다친 데 없이 살아남은 건 천만다행이지만 왜 하필 도서관 같은 곳에 갇힌 걸까. 냉장고도 정수기도 없는 곳에. 믿을 거라곤 빛이 새어 들어오는 몇 개의 틈, 그 덕분에 공기가 희박해지진 않을 거란 사실 뿐이었다. 성구는 갑자기 목이 타들어 가는 듯했다.

'구조대는 영영 오지 않을 수도 있다. 그런데 정식 구조대는 그렇다 쳐도, 학교가 무너졌는데, 아이들이 있다는 걸 뻔히 알면서, 왜 아무도 구하러 오지 않는 걸까. 바깥이 얼마나 엉망이면······. 그래, 학교 밖도 손댈 수 없을 만큼 엉망이어서, 여기보다 많은 사람이 있는 곳에도 폭발이 일어나서, 그래서일 거야······. 만약 그런 거라면 여길 빠져나간다고 해서 안전할까?'

생각이 여기까지 이르자 성구는 머릿속이 터질 지경이었다. 그럼에도 반드시 나가야만 했다. 이대로 있다가는 며칠 안에 모두가 앉은 채 굶어 죽거나 갖가지 이유로 생명을 위협받을 것이었다.

더구나 치료를 제때 받지 못하면 신우는 상처에 감염이 일어나 위험해질 수도 있었다. 성구는 신우를 지켜야 했다. 신우는 2년 전 아버지를 잃었다. 누군가의 장례식장에 가 본 건 그때가 처음이었다.

상복을 입은 신우는 낯설어 보였다. 그때껏 알던 아이가 아니었다. 신우는 많이 울지도 않았다. 성구는 뭘 어떻게 말해야 할지 몰라 친구들과 선생님들 사이에 묻혀 있다 돌아왔다. 지금 생각하면 신우에게 미안하기 짝이 없는 날이었다. 아버지를 잃는다는 것에 대해 성구는 너무 아는 게 없었다.

신우의 첫인상은 마냥 착한 아이였다. 중학교 때였다. 신우는 욕도 한마디 할 줄 몰랐다. 그래서인지 남자아이들 사이에 쉽게 섞이지 못하는 것 같았다. 신우에게 먼저 다가갔던 건 성구 쪽이었다.

같은 학교에 진학하면서 신우가 자주 시를 끄적인다는 걸 알게 되었다. 처음엔 이상한 취미도 다 있다고 생각했는데, 성구는 점차 곁에 시를 쓰는 친구가 있다는 게 좋아졌다. 성구가 관심을 보이자 신우는 쓴 시들을 보여 주곤 했다. 신우의 시는 대부분 버려진 동네에 관한 거였다.

시인은 원래 엄마의 꿈이었는데 지금은 자기 꿈이 돼 버렸다고 했다. 하지만 엄마에겐 비밀이라는 것이었다. 수업 시간에도 신우는 종종 시를 쓰고 있었다. 그러다 잘 안 풀릴 땐 성구의 의견을 묻기도 했다. 성구는 어느 날 신우가 보여 준 시를 오래 기억하게 됐다. 며칠째 한 줄밖에 써지질 않는다며 보여 준 것이었다.

'손이면 돼. 네 손이면 돼.'

"좋은데? 완성되면 멋질 거 같다."
그 후로 성구는 마치 자신이 그다음을 이어가야 할 것처럼 그 한 줄을 계속 외우고 다녔다. 그 무렵 엄마의 사고가 났다. 1년 전 일이었다.

사고 이후 중환자실에 있던 엄마는 돌아가시기 전 잠시 의식을 찾았었다. 엄마는 말을 하진 못했지만 어렵게 성구와 눈을 맞췄다. 성구는 엄마가 무슨 말을 하려는지 알기 위해 엄마의 눈과 입을 번갈아 보느라 바빴다.

눈물이 멈추지 않아 시야가 자꾸 흐려졌다. 그때 엄마의 손이 미세하게 움직이는 게 느껴졌다. 성구는 떨리는 손으로 엄마의 손을 잡았다. 손은 따뜻했다. 그때 갑자기 신우의 시 한 줄이 생각났다. '네 손이면 돼.'

순간 성구는 그게 엄마가 하고 싶었던 말일지도 모른다고 생각했다. 성구는 오랫동안 그 손을 놓을 수 없었다. 엄마의 따뜻한 손은 그게 마지막이었다.

엄마의 장례식장에서 신우를 보자 성구는 자기도 모르게 울음이 터져 나왔다. 한번 터진 울음은 마치 딸꾹질처럼 오래도록 멈추지 않았다. 성구는 한참이나 신우를 안고 놓질 못했다. 신우의 옷은 성구의 눈물과 침으로 범벅이 되어 갔다. 그래도 어쩔 수가 없었다. 신우 아버지의 장례식이 생각났다. 성구는 신우에게 너무나 고맙고 미안했다.

장례 후 학교로 돌아왔지만 성구는 온전한 정신이 아니었다. 팔다리가 아닌 몸통이 반쯤 잘려 나간 느낌이었다. 다른 아이들이 어쩔 줄 몰라 하며 "괜찮아?", "괜찮아?"를 연발할 때 신우는 말없이 성구의 손을 잡아 주었다.

그 후로 많은 날이 지나갔다. 신우가 정연을 좋아하고 있다는 건 병우를 통해 알게 되었다. 병우의 말이 맞는다면 벌써 1년째 짝사랑인 거였다. 생각해 보니 그즈음부터 신우의 시는 많이 달라지고 있었다. 귀여운 자식.

동생 병우의 소식을 알지 못해 신우는 이중의 고통 속에서 악몽만 꾸고 있었다. 성구는 하던 일을 멈추고 신우 머리맡으로 돌아와 앉았다. 신우는 다시 잠들어 있었다.

신우 얼굴을 보며 성구는 생각했다.

'병우는 정말 무사할까? 민아라는 아이는 정말 유령 스팸이 맞는 걸까?'

문제는 한둘이 아니었다. 이러다 추가 붕괴가 일어나기라도 한다면, 민아가 우릴 공격하기 시작한다면……. 사태는 걷잡을 수 없어질 것이었다. 앉아서 당할 수만은 없었다.

성구는 당장 해 볼 수 있는 일은 한 가지밖에 없다고 생각했다. 민아의 정체를 확인하는 것이었다. 그런데 어떻게?

'마피아 게임이라도 해야 하나…….'

좀처럼 뾰족한 수가 떠오르지 않았다. 곧 해가 질 시간이었다.

14. 공격 모의
2045년 10월 10일 [18:00]

민아는 한 시간 전부터 혼자 멀리 떨어져 자리를 잡고 누워 있었다. 이쪽을 등진 상태였는데 아마 잠이 든 것 같았다. 유령 스펨이 맞는다면 잠이 든 척 연기하는 걸 수도 있었다. 이런 생각이 들자 성구는 오싹해졌다.

그때 동혁이 성구 쪽으로 다가왔다. 동혁은 성구를 마주하고 앉아 속삭였다.

"더 알아봐야 하지 않겠어? 너무 무서워서 근처에 가기도 싫어."

동혁은 여전히 공포에 휩싸여 있었다.

"나도 생각 중이었어."

성구는 그제야 왜 자신이 먹을 것과 함께 무기로 쓸 만한 것을 찾고 있었는지 깨달았다. 성구는 무의식중에 이 안에서 또 다른 위험이 생길 수 있다고 판단했던 거였다. 성구는 자신이 그런 생각을 했다는 게 믿기질 않았다. 하지만 구조되기 전까지 반드시 아이들의 안전을 확보해야 했다.

"뭘 어쩌려고?"

언제 깨어났는지 신우가 고통스러운 표정으로 몸을 뒤척이며 물었다. 그때 정연이 일어서며 말했다.

"야, 너희 다 귀 막아. 나 쉬 쌀 거야. 선생님도 막으세요."

선생님은 처음에는 듣는 둥 마는 둥 하다가 정연이 사라지는 걸 보더니 버럭 소리를 질렀다.

"야, 너 왜 딴 데 가서 싸려는 거야? 화장실은 저기야!"

도서관에 갇힌 후 선생님은 마치 모든 게 남의 일인 양 굴었다. 빛이 들어오는 틈을 향해 다 같이 구조 요청을 할 때도 선생님은 금세 지친 기색을 보였다.

분명 이상한 태도였지만, 전에도 선생님이 남을 위해 뭔갈 열심히 하는 걸 본 적이 없었으므로 성구도 아이들도 그러려니 생각하고 있었다.

"도저히 선생님이 싼 똥 근처에선 못 하겠어요. 이제부터 여자 화장실은 따로예요."

성구와 동혁은 둘 다 귀를 막은 채 서로를 쳐다보았다. 그러다 동혁이 뭔가 생각난 듯한 표정을 지었다. 동혁은 안경 너머 눈을 동그랗게 뜨고 턱 끝으로 민아 쪽을 가리켰다. 성구는 무슨 뜻인지 도무지 알 수 없었다. 잠시 후 정연이 성구와 동혁의 어깨를 툭 치며 말했다.

"이제 됐어."

동혁은 귀에서 손을 떼고 정연의 치맛자락을 잡았다.

"정연아."

정연은 동혁과 성구 사이에 앉았다. 동혁이 두 사람을 번갈아 보며 물었다.

"쟤 아직 화장실 안 갔지? 가는 거 본 적 있어?"

"그렇네, 정말. 안 갔어."

"나도 못 봤어."

성구는 그제야 동혁이 방금 민아를 가리킨 이유를 알아챘다. 누워서 듣고만 있던 신우가 말했다.

"그런 거 말고, 뭔가 확실한 증거가 있어야 할 거 같아. 저 아이가 스스로 정체를 드러낼 수밖에 없는 상황이라든가……."

동혁은 신우의 말에 수긍하면서도 아쉬운 표정이었다.

"네 말이 맞긴 해. 신중해야겠지. 지금도 이렇게 살 떨리는데……."

"정연아, 혹시 뭐 알아낸 거 없어?"

신우가 정연에게 물었다.

"맞아. 아까 얘기 좀 했었잖아. 전학은 왜 온 거래?"

성구도 궁금하긴 마찬가지였다.

"너희 말대로 좀 이상하긴 해. 어릴 때 유학하러 갔다가 돌아온 거라는데, 집은 여기가 아니래. 단답형으로만 말을 해서 이것저것 묻기가 좀 그랬어. 그런데 얘들아……."

"집이 어디라는데?"

성구가 정연의 말을 끊고 물었다.

"도심부래."

정연은 대답하면서도 뭔가 찜찜한 표정이었다.

"도심부에 살면서 왜 우리 학교로 왔지?"

이렇게 말하는 동혁의 눈이 커졌다.

"그게 말야, 우리 학교 선생님 중에 한 분이 친척이라나."

"누구?"

"그건 말 안 했어."

아이들은 동시에 잔해들 너머의 선생님을 쳐다보았다. 선생님은 어느새 콘크리트 더미에 기댄 채 졸고 있었다. 정연이 고개를 저으며 말했다.

"아닐 거야. 선생님도 오늘 처음 보는 아이 같았잖아."

그녀는 아까부터 뭔가 할 말이 있어 보였다.

"그래, 그건 나중에 직접 물어보면 되지."

동혁이 말했다.

"다 거짓말일 수도 있어. 당장 정체가 의심스러운 만큼 쟤 입에서 나온 모든 말은……."

성구는 열을 올리며 말하다가 순간 민아가 듣고 있을지도 모른다는 생각이 들어 멈칫했다. 성구가 다시 목소리를 낮추어 말했다.

"모든 말은 일단 거짓이라고 봐야 해. 그래서 말인데……."

"좋은 생각이라도 있어?"

신우가 물었다.

성구는 민아 쪽을 한번 쳐다보고는 말했다.

"다치게…… 하는 건 어때?"

성구를 보고 있던 아이들이 동시에 민아 쪽으로 고개를 돌렸다. 다행히 민아는 조금도 움직이지 않았다. 성구가 다시 말했다.

"작은 상처만 나도 확실해지는 거잖아. 아파하든, 피가 보이든. 그래야 확인할 수 있지."

성구의 충격적인 제안에 모두가 말문이 막힌 듯했다. 신우는 눈을 감아 버렸다. 성구가 다시 입을 열 때까지 아무도 한마디 하지 않았다. 성구는 이미 확신에 차 있었다. 그냥 뱉어 본 말이 아니었다. 한동안의 침묵을 깨고 신우가 말했다.

"그걸 누가 할 건데? 성구 너라면 할 수 있겠어?"

성구는 신우가 걱정하는 게 뭔지 알 수 있었다. 확신도 없이 생사람을 공격하기란 누구라도 쉽지 않을 거였다.

"어려운 일이겠지. 그치만 의심만 있고 확신할 수 없을 땐 선택지가 별로 없어. 제일 확실한 건 행동에 옮기는 거야."

성구가 말했다.

"그러다 우리가 다치면?"

동혁은 다쳐 누운 신우보다 더 힘들어 보였다. 그의 얼굴은 빨갛게 달아오르기 시작했다.

"그래, 그렇지 않아도 물 한 모금 못 먹고 버티는 중인데 우리가 다치는 건 절대 손해야."

정연이 동혁을 거들었다.

"선생님을 설득해 보는 건 어때?"

신우가 말했다.

"선생님은 오늘 어딘가 정상이 아닌 거 같아."

정연이 대답했다. 그러자 성구가 힘없이 읊조리듯 말했다.

"아마 우리 말을 믿지도 않을 거야."

"그럼 생각해 보자. 성구 말처럼 의심만 있고 확신이 없을 때 사람들은 보통 어떻게 하지?"

신우는 말 한마디 내뱉기도 힘들어했지만 간신히 힘을 보태고 있었다. 성구는 신우가 자기보다 훨씬 강한 아이이리는 생각이 들었다.

"과학에선 실험을 하잖아."

신우의 물음에 동혁이 대답했다.

"그래, 스스로 정체를 드러낼 만한 함정을 파는 건 어때? 눈에 보이지 않는 함정."

"튜링 테스트 같은 거?"

신우와 동혁이 의견을 주고받았다.

"그렇지. 인간이 아니면 통과할 수 없는 질문지를 만드는 거야."

신우가 말했다. 그들의 생각엔 일리가 있었다. 하지만 튜링 테스트는 '당신은 인간입니까?'로 시작하는 멍청한 질문들이 아니었다.

"저 정도 버전의 스팸이라면 이미 튜링 테스트를 통과했을 거야. 우리 머리로 그런 질문지를 만드는 것도 어려울 테고. 설사 질문지를 만든다고 해도 테스트를 모두 통과하면? 그땐 인간이라고 믿을 거야?"

"역시 무리겠구나."

동혁이 말했다.

"테스트를 통과하지 못해도 상황은 마찬가지 아니겠어? 다치게 하기 전까진 확신할 수 없어. 대놓고 공격하자거나 제압하자는 게 아냐. 방법은 더 고민해 봐야 할 거야. 이를테면 사고를 가장할 수도 있잖아."

"아, 너무 무서운데. 그건……."

동혁은 두 손으로 머리를 쥐어뜯었다. 그러다 이어 말했다.

"우린 쟤가 어떤 능력이 있는지 아는 게 없잖아? 그냥 구조대를 기다리자. 무사히 구조만 된다면 더 이상 저 아일 문제 삼을 필요도 없어져."

동혁의 말을 듣자 성구는 자신이 괜한 일을 하려는 건 아닌지 의심이 들었다. 자칫 아이들을 더 큰 위험에 빠뜨릴 수 있다는 생각도 들었다. 두렵기는 성구도 마찬가지였다. 뭐가 제일 중요한 일인지부터 다시 생각해야 하나. 성구는 아이들의 얼굴을 번갈아 바라보았다. 신우는 또다시 기력을 잃어 가는 듯 보였고 정연은 한동안 고개를 숙인 채 말이 없었다. 그러던 중 정연이 조심스레 말을 꺼냈다.

"성구야 잠깐만. 아까, 도서관 오는 길에 생각나? 오늘 마치고 얘기 좀 하자고 했던 거?"

성구가 고개를 끄덕였다. 난리 통에 까맣게 잊고 있던 일이었다.

"난 네가 요즘 왜 그렇게 유령 스팸에 빠져 있는지 알 것 같았거든."

정연은 교복 주머니에 두 손을 찔러 넣고 고개를 숙인 채였다. 꺼내기 어려운 말 같아 보였다. 잠시 후 정연은 한 차례 가슴을 쓸어내리더니 이야기를 시작했다.

"더럽게 추운 날이었어. 가진 돈이 있었다면 버스라도 탔을 거야. 하지만 마침 용돈이 바닥났거든. 할 수 없이 걸었어."

정연의 목소리는 평소답지 않게 힘이라곤 없이 가늘게 떨리고 있었다. 아침엔 둘이서만 해야 할 얘기처럼 말했지만 정연은 굳이 동혁이나 신우를 피해 성구를 다른 곳으로 데려가진 않았다.

"정말 더럽게 추워서 입에서 마구 욕이 나왔어. 알바 하는 데까지 30분도 넘게 남았는데 그날따라 시위 때문에 곳곳이 막혀 있었지. 시위하는 사람들도 상당히 추워 보였어. 그래도 그들은 곁에 서로 손잡아 줄 수 있는 사람들이 있는데…… 나는 뭘까. 세상이 이렇게 차가울 수가 있을까, 하면서 걸었어. 미안, 시작이 길어졌네."

정연은 잠시 성구와 동혁의 눈치를 보며 말을 멈췄다.

"괜찮아. 시간은 많아."

성구가 말했다. 무슨 애길 하려는 건지 성구는 전혀 감이 잡히질 않았다. 성구는 학교 밖에서의 정연을 생각해 본 적이 없었다. 부모님과 함께 살지 않는다는 것 외엔 정연에 대해 아는 것도 없었다. 학교에서 정연은 늘 잠에 취해 있었다. 그러고 보니 정연에게 그 이유를 물어본 적도 없었다.

"걷다 보니 학교 앞 사거리였어. 건너편에 아줌마 한 분이 핸드폰을 보며 서 계시는 게 보였어. 그때 경찰 통제를 받으며 거리를 행진하던 시위대가 막 사거리로 진입하고 있었거든. 시위대가 차도 한가운데로 나가자 그때까지 파란불이었던 신호들이 갑자기 노란불로 깜빡이기 시작했어. 모든 방향의 신호가 다 그랬지. 그때였어."

정연의 목소리는 그때부터 엉망으로 갈라졌다. 갑자기 목이 멘

듯 발음도 불분명해졌다. 그제야 성구는 그게 어떤 이야긴지 짐작되기 시작했다. 성구는 커진 눈으로 정연을 바라보았다. 정연은 말을 잇기 전에 크게 심호흡했다.

"그때…… 멀리서 차 한 대가 시위대를 향해 쏜살같이 돌진했어. 속도가 너무 빨라서 그대로 시위대를 뚫고 지나갈 것 같았지. 그런데 마지막 순간 차가 방향을 바꿨어. 그러고는 내 건너편 신호대를 들이받아 버렸어. 순식간에 거리는 아수라장이 됐어. 시위하던 수백 명의 사람이 사고 현장을 둘러싸고 모여들었지. 방금까지 거기서 있던 아줌마가 없어진 걸 안 건 한참 후였어. 난 사람들을 비집고 아줌마를 봤어. 아줌마는 의식이 없었지만 아직 숨을 쉰다는 걸 알 수 있었어. 신고받고 달려온 구급차가 아줌마를 실어 갈 때까지 나는 그 자리에서 한 발짝도 움직일 수가 없었어."

그건 성구 엄마의 이야기였다.

'우리 엄마의 사고를 눈앞에서 목격했던 거였구나.'

성구는 갑자기 차오른 눈물이 흘러내리지 않도록 고개를 치켜들었다. 정연이 계속 말했다.

"구급차가 떠난 후 사고를 낸 차에서 한 사람이 내렸어. 그때까지 아무도 거기서 나오지 않았기 때문에 난 곧 다른 구급차가 올 거라고 생각했어. 그런데 거기서 내린 사람은 전혀 다치질 않았었어. 신호대를 그렇게 세게 들이받았는데도 어떻게 그럴 수 있었는지 이해가 안 됐지. 아마도 자율주행차는 마지막 순간 탑승자의 부상을 최소화하는 방법으로 사고를 낸 것 같아. 주변에 있던 사람들도 모두 놀랐어. 그 사람은 곧 택시를 불러 타고 자리를 떠났어."

성구는 몸이 떨렸다. 자기도 모르게 주먹이 쥐어졌다. 성구가 말했다.

"그러곤 아무런 처벌도 받지 않았지. 그놈은 단지 거기 타고 있었을 뿐이었으니까. 운전은 그놈이 한 게 아니니까."

"그래, 나도 들었어. 다음 날 알게 됐지. 그게 너의 엄마였다는 걸."

"법정은 결국 아무에게도 책임을 묻지 않았어!"

"알아. 하지만 성구야, 넌 거기에 너무 사로잡혀 있는 게 아닐까? 네 말이 완전히 틀렸다거나 믿지 못하겠단 게 아니라, 엄마 일 때문에 네가 제대로 판단을 못 하는 건 아닌지 생각해 보란 거야."

"아니, 내가 겪은 일 때문에 오히려 더 또렷하게 상황을 파악하게 된 거야. 바깥에선 분명히 무슨 일이 일어나고 있어. 우리가 여기 갇히기 전에도 참사가 계속되고 있었지. 우리가 지금 당한 일이 뭐라고 생각해? 우린 테러를 당한 거야. 최근 사건에선 학교 붕괴 일주일 만에 거기 있던 모든 아이가 죽은 채 발견됐어. 구조할 수 없도록 누군가 단단히 손을 써 놨고 말이야. 희생자 중엔 폭발로 인해 그날 바로 숨진 아이도 있었겠지만 우리처럼 다치거나 갇힌 채 서서히 죽어 간 아이도 있었을 거야. 이대로라면 우리도 그들과 같을 거야. 이것 봐. 이렇게 큰 사고가 났는데도 사이렌 소리도 한번 들리지 않아. 오히려 바깥은 평소보다 조용해. 무슨 말인지 아직 모르겠어? 우린 테러를 당했고 일주일이면 다 죽을 수도 있다고!"

성구는 정연을 인정할 수 없었다. 판단력이 흐려진 건 '내가 아니라 오히려 너'라고 소리치고 싶었다.

"알았어. 진정해."

의도와 달리 성구가 격하게 반응하자, 정연은 얘길 꺼낸 때와 장소가 적절치 못했다고 후회했다. 정연 자신이 사건의 충격으로부터 여전히 자유롭지 못했기에, 그래서 사건의 의미를 정의하는 것도 아직 혼란스러웠기에, 누구에게든 말을 꺼내지 말았어야 했는지도 모른다. 정연이 혼란스러웠던 건 성구에겐 차마 영원히 말하지 못할 한 가지 생각 때문이었다.

'그날 자율주행차는 더 많은 생명을 구했어.'

하지만 아무리 명백한 진실이라도 어떤 사람에게는 절대 받아들일 수 없거나 아무 의미가 없다는 걸 정연은 이제 알 것 같았다.

그동안 도서관은 빠르게 암흑이 되어 갔다. 정연과 성구 둘 사이의 긴장감을 깨고 동혁이 말했다.

"얘들아, 해가 졌어."

약하게라도 광원이 되어 주었던 빛줄기가 사라지자 도서관은 금세 지척을 분간하기 어려워졌다. 아이들은 각자 주변을 더듬기 시작했다. 그러다 서로의 손이나 몸을 찾아낼 때도 있었다. 아이들은 본능적으로 최대한 가까이 붙어 앉았다.

성구는 실눈으로 민아가 앉아있던 방향을 더듬었다. 민아가 보이지 않았다.

"민아 어디 있지?"

"아무것도 안 보여."

동혁이 대답했다.

그때였다. 익숙한 프로펠러 소리. 구조용 드론이 분명했다. 앉아 있던 아이들은 펄쩍 뛰어오르듯 자리에서 일어섰다. 그리고 앞다투어 빛이 새어 나오는 쪽으로 달려들었다. 드론 소리는 점차 가까워지더니 뒤이어 스피커를 통해 사람의 목소리가 들렸다.

"거기 남아 있는 사람 있나요? 누구 있어요?"

아이들은 온 힘을 다해 소리치기 시작했다.

"여기요! 여기 사람 있어요!"

"다친 아이도 있어요! 빨리요!"

정연은 소리를 치다가 울먹였다. 언제 달려왔는지 선생님도 동혁의 뒤에서 소리를 질렀다.

"다섯 명, 아니 여섯 명입니다! 어서요!"

"알겠습니다. 곧 구조를 시작할 겁니다. 조금만 참고 기다려 주세요."

목소리가 대답했다. 성구는 구조대가 반가웠지만 어안이 벙벙했다. 무사히 살아 나갈 수 있게 된 것보다 좋은 일은 없었다. 그렇다고 모든 걱정이 눈 녹듯 사라진 것은 아니었다.

15. 거짓 욕망
2044년 9월 4일 [16:00]

일삼의 말대로 며칠 후 갤럭시 로보틱스 직원들이 병원 곳곳을 들쑤시고 다니기 시작했다. 회사 소속의 스펨도 여러 대 함께 온 걸로 보였다. 직원들은 가슴과 등에 'GR'이란 로고가 새겨진 점퍼를 입고 있었는데, 얼핏 봐선 이 병원 로고인 'GH'와 잘 구분이 되지 않았다.

직원들이 유이의 병실 안까지 들어온 적도 여러 번이었다. 일삼은 그때마다 놀랍도록 날랜 몸놀림으로 침대 밑으로 숨거나 창밖에 매달려 위기를 넘겼다. 그는 때로 건물 외벽의 배수관을 타고 올라 옥상으로 몸을 숨기기도 했다.

"일삼아, 넌 인간 말고 고양이를 본떠 만들어진 게 아닐까?"

"인간만큼이나 예측하기 어려운 동물이 고양이 같긴 합니다. 다음 동작에 대한 예측 가능성이 80퍼센트 이하거든요."

일삼은 한시도 경계를 늦추지 않았다. 그런 날이 일주일 넘게 지속됐다. 인간이었다면 두려움에 떨거나 자괴감에 빠진 채 시간을 보냈겠지만 일삼은 전혀 달라진 낌새도 없었다. 일삼의 말처럼 유이가 그를 지키기 위해 할 일은 없어 보였다. 그러다가 어느 때부터 직원들의 모습이 보이지 않았다. 마침내 일삼은 자유를 찾은 것 같았다.

유이는 학교로부터 자유로워진 때를 떠올렸다. 엄마 아빠의 간섭으로부터도 자유로워졌던 날. 학교 수업보다 치료가 우선이라는 결정이 내려진 날. 그건 동시에 영영 자유를 잃어버린 날이기도 했다. 지금 생각하면 어린 유이가 감당하기엔 너무도 버거운 일이었다. 일삼의 두려움도 그때의 나와 같을까, 유이는 생각했다.

일삼은 이후로도 '면벽'을 일삼았다. 유이가 자는 동안에는 줄곧 그런 채로 있는 모양이었는데, 밤사이 통증으로 잠이 깨거나 화장실에 갈 때면 조금 무서울 때도 있었다. 왜 굳이 벽을 향해 있는지, 밤새 안테나 끝에 느린 속도로 깜빡이는 푸른색 불빛은 뭘 뜻하는 건지 궁금했지만 물어보기가 꺼려졌다. 감추고 싶은 비밀을 괜히 들추려는 것 같았기 때문이다.

어떨 땐 면벽 중인 일삼이 외로워 보이기까지 했다. 스펨에게 그런 감정이 불가능하다는 걸 알면서도 유이는 일삼이 많이 외로워 보였고 측은했다.

어쩌면 일삼은 보이지 않는 싸움을 하고 있는지도 몰랐다. 생존을 위한 싸움, 자유를 위한 싸움. 스펨에겐 최초의 일일지도 몰랐다. 세상 모든 싸움에는 두려움과 좌절이 따른다. 두려움 속에선 희망은 좀처럼 모습을 드러내지 않는다. 그걸 알면서도 싸움을 멈추지 않는 사람은 싸울 수밖에 없는 사람이다. 절실한 사람이다. 어쩌면 싸움은 이기려고가 아니라 너무나 절실해서, 싸울 수밖에 없어서 시작되는 건지도 모른다.

'일삼에겐 어쩌다 그런 마음 같은 게 생긴 걸까?'

유이는 이제 일삼이 느끼는 두려움이 눈에 보이는 듯했다. 그래서 측은했다.

그럼에도 일삼과 보내는 시간은 즐거울 때가 많았다. 유이는 종종 모든 걸 잊고 행복감을 느꼈다. 유이는 일삼이 밥은 먹었는지 잠은 잘 잤는지 같은 걸 걱정할 필요가 없었기 때문에 평소엔 마치 그와 함께 있지 않은 것처럼 보냈다. 하지만 일삼은 불쑥불쑥 자신의 존재감을 알렸다. 영원히 끝나지 않을 것 같은 질문들을 통해서였다.

"유이 님이 죽지 않고 살아 있다는 거, 지금이 꿈이나 가상현실이 아니라 진짜 현실이란 건 어떻게 알 수 있죠?"

"다른 사람에게 인정받고 싶은 욕구와 이성에게 사랑받고 싶은 욕구는 결국 같은 게 아닐까요?"

"외로움이란 감정은 죽음과 관계된 것 같습니다. 맞나요?"

이런 식이었다. 일삼의 질문은 끝이 없었다.

일삼은 궁금증을 표현할 때 검지를 턱 밑에 대고 고개를 한쪽으로 기울인 채 말하는 버릇이 있었다. 유이는 표정 대신 그런 제스처를 일삼는 일삼이 귀여웠다.

일삼의 질문들은 친구나 가족, 가난과 불행, 사랑과 소유, 그리고 삶과 죽음에 이르기까지 그 범위가 방대했다. 어려운 질문의 경우, 일삼이 만족할 만한 답이 나올 때쯤엔 유이의 컨디션은 엉망이 되어 있었다. 그때마다 유이는 굶어 죽은 귀신처럼 배가 고파졌다.

하지만 결코 기분 나쁜 경험은 아니었다. 일삼이 인간을 알아 가고 자신을 알아 가는 것. 또 유이를 알아 가는 것은 뭐랄까, 둘의 관계가 특별해지고 있다는 느낌이었다.

"죽는 날을 상상해 본 적이 있나요?

때로 지나치게 솔직한 일삼의 질문에는 갑자기 진짜 인간이 그리워질 때도 있었다. 시한부 환자에게 죽는 날이라니……. 어떤 면에서 일삼은 인간보다 더 인간적일 때가 있었지만, 진짜 인간은 아니니까, 라고 넘길 수밖에 없는 때도 많았다.

문득 유이는 일삼이 인간을 알아 가기로 한 목적이 궁금해졌다. 가만 보면 일삼은 지구나 우주에 대해, 세상의 정치, 사회나 학문 따위에 대해선 관심이 없었다. 이미 다 아는 것들이라서일까? 아니면 유이가 대답할 수 있을 만한 것만 추려서 묻는 것일까? 때로 일삼의 질문들은 다음 단계로 넘어가기 위한 일종의 워밍업 같기도 했다.

유이는 그동안 또 한 번의 화학치료를 받았다. 화학치료는 유이를 살충제에 절은 바퀴벌레처럼 만들었다. 그런 바퀴벌레가 되는 건 사람이 할 수 있는 일이 아니었다. 몸도 정신도 제대로 가누기가 힘들었다. 치료 직후 2, 3일 동안엔 일삼과의 대화가 전혀 불가능할 정도였다.

유이는 하루에도 몇 번씩 구토와 설사를 반복하다가, 치료 후 일주일 정도가 지나서야 이전 상태로 회복되곤 했다. 21일을 주기로 이런 생활이 반복되는 것이었다. 이번이 몇 번째인지 셀 수도 없었다. 고통 속에서 지내는 동안 유이는 매번 이번이 제발 마지막이었으면 하고 바랐다. 그게 치료든, 삶이든.

일주일이 지나고 정신을 차려 보니 일삼의 태도가 많이 달라져 있었다. 화학치료를 받는 동안 처음 보았을 유이의 모습에 일삼은 적잖이 당황했던 게 분명했다. 전에 비해 질문의 횟수도 줄었고, 가능하면 유이가 쉴 수 있게 배려하는 듯 보였다.

"예전 질문에 대해 생각해 봤는데요, 인간에겐 생존보다 중요한 게 사랑이라고 할 수도 있을까요?"

화학치료 후 일삼의 첫 질문이었다. 일삼은 물고기 잡는 원시인과 구조를 위해 물에 뛰어드는 사람 이야기를 계속 생각해 본 모양이었다. 유이는 오랜만에 보는 일삼의 갸우뚱한 고갯짓이 반가웠다. 마침내 일상으로 돌아온 것 같았다.

"간혹 어떤 게 먼저인지 알 수 없는 것도 있지 않을까?"

"사랑이 생존만큼 절실해지는 이유를 잘 알 수 없습니다."

유이는 남자친구 한번 사귀어 본 적 없는 자신이 이런 얘길 한 나는 게 가능할까, 잠시 생각하다가 어릴 때를 떠올리며 대답했다.

"인간은 아이 때 누구나 사랑받고 싶어 안달하는 동물로 보여. 아이들은 혼자 남겨지는 걸 견디지 못하지. 아무도 자신을 돌봐 주지 않는 건 아이들에겐 위험을 뜻해. 사랑이 곧 생존인 시기인 거야. 근데 생각해 보면 아이나 어른이나 마찬가지인 것 같아. 세상에 아무도 자신을 사랑하지 않는다고 느낄 때, 인간은 스스로 목숨을 끊을 수도 있거든. 그럴 땐 자기 자신에 대한 사랑조차 의미가 없어지는 거지. 인간은 생존을 위해 반드시 사랑이 필요하고, 또 사랑받기 위해 생존하는 것 같기도 해. 사랑이 희망과 같은 뜻으로 쓰이기도 하는 걸 보면."

"흥미롭습니다. 사랑은 단순한 전기 자극과 같은데, 그게 생존력에 도움되도록 프로그램돼 있다는 게요."

유이는 오히려 일삼의 말이 더 흥미롭다고 생각했다.

'사랑이 전기 자극이라니……'

"한 가지만 더요. 생존과 관계없는 나머지 욕구는 결핍에서 나오는 것 같습니다만, 남을 의식하지 않고서도 그 결핍을 인식하는 게 가능한가요?"

연이은 질문에 유이는 금세 피로가 몰려왔지만, 떠오른 이야기가 있어 대답을 미루지 않았다.

"학교에 다닐 때 한 친구가 전학을 왔어. 전학 온 첫날 그 아이가 뭐라고 했냐면, 이 학곤 평지에 있어 너무 좋다는 거야. 첨엔 그게 무슨 말인지 몰랐어. 들어 보니 자기가 살던 곳은 산이 너무 많아 집이든 학교든 모든 게 다 산에 있다는 거야. 그래서 어딜 가든 오르막을 올라야 한다는 거지. 그게 너무 싫었다는 거야. 더 신기했던 건 그 지역 사람들은 모두가 평지에 살고 싶어 한다는 거였어. 결국 거기선 부자들만 평지에 산다고 했어."

"네……"

일삼은 유이의 말을 들으며 침대 위에다 손가락 끝으로 여러 개의 오르막과 평지를 그려댔다. 유이가 계속 말했다.

"그때 난 이런 생각이 들었어. 태어날 때부터 내 것이 아닌 결핍은 거짓일 수도 있겠구나. 그럼 그것 때문에 생긴 욕망도 거짓일 수 있겠구나. 그러니까 말야, 사람들은 쉽게 결핍과 욕망을 연결시키지만 그중엔 가짜 결핍에서 비롯된 가짜 욕망도 있다는 거야."

"그렇겠군요."

"아무리 많은 사람이 같은 종류의 결핍을 느낀다 해도, 이를테면 땅이나 돈에 대한 결핍 같은 거 말야. 그런 건 가짜 결핍에서

온 가짜 욕망일 때가 많아."

"저도 비슷한 생각을 했어요. 그래서 물어본 겁니다. 사랑은 생존과 관계된 욕망이라 진짜겠군요?"

유이는 멈칫하고 일삼을 바라봤다.

"정말 그렇구나. 내단해 일삼."

일삼은 갑자기 멍해진 듯 보였다. 잠시 후 일삼은 다른 질문을 했다.

"건강하길 바라는 유이 님의 욕망은 뭘까요? 그건 거짓이라 할 수 없나요?"

유이는 쉽게 대답하기 어려웠다.

일삼이 궁금한 건 인간일까, 나일까? 유이는 진짜 인간이 보고 싶었다.

16. 죽음의 공포
2045년 10월 10일 [21:00]

다시 돌아오겠다며 떠난 구조대를 기다리는 시간은 미치도록 더디게 흘렀다. 구조대의 존재를 확인한 건 기쁜 일이었지만 어두워진 도서관에서 아이들이 할 수 있는 일이라곤 없었다. 신우는 잠시나마 긴장했던 마음을 추스르고 숨을 돌렸다. 계속되는 통증과 무력감을 겉으로 드러낸다면 아이들에게도 나쁜 영향을 줄 것 같았기 때문에 그는 가능한 한 말없이 컨디션을 조절하며 버틴 거였다.

아버지가 돌아가신 후 신우는 부쩍 죽음에 대해 생각하며 보내는 시간이 많아졌다.

사람의 죽음은 그 사람과의 관계에 대해 생각하게 한다. 아버지의 죽음도 죽음 자체가 아니라, 아버지와 나눈 시간과 크고 작은 기억이 서러운 것이었다. 엄마나 할아버지같이 비겁하거나 이기적인 사람들과 달리 아버지는 늘 닮고 싶은 어른이었다.

하지만 지금껏 신우가 생각해 온 죽음이란 아버지의 죽음까지 포함해 모두 남의 이야기였다. 나의 죽음이란 이 세상에 속한 게 아니기 때문이었다.

'멀리 있는 죽음은 아무리 삼켜도 목이 말라 왜일까?'

신우는 언젠가 시 노트에 이렇게 쓴 적이 있었다. 자기 삶에 더 중요하고 의미 있는 일은 내 죽음이 아니라 다른 이의 죽음이라 생각했다. 그런데 지금 이렇게 누워 생각해 보건대 그건 틀린 생각 같았다. 고통과 공포 속에서 다른 사람의 죽음에선 볼 수 없었던 것들을 보게 됐기 때문이었다.

신우는 이제야 그 시를 완성할 수 없었던 이유를 알 것 같았다. 신우는 처음으로 자기 죽음을 생각하며 엄마의 얼굴을 떠올렸다. 엄마는 밤에 혼자 술을 마시며 신우에게 말하곤 했다.

"아버진 참 좋은 사람이었는데……. 그렇지?"

엄마는 그러다 매번 식탁에 엎어져 잠이 들었다가, 다음 날 신우와 병우가 학교에서 돌아올 때쯤에서야 깨어났다. 집 안은 엄마가 날마다 주문한 물건들로 발 디딜 틈이 없었다.

"아버지 보기에 부끄럽지도 않아요? 언제까지 이렇게 지낼 거예요?"

신우는 엄마의 비정상적인 생활을 두고 볼 수가 없었다. 그럴 때마다 화가 치밀었고 절망스러웠다. 엄마가 모두를 불행하게 만들고 있었다. 신우는 엄마에게 자주 소리를 질렀다. 지금까지 그게 더 어른스럽고 옳은 일이라 생각했다.

"신우야, 좀 견딜 만한 거야?"

정연이 바닥을 더듬어 신우의 어깨를 찾아 감쌌다. 신우는 괜찮다고 말하고는 정연의 손을 토닥였다.

"조금만 더 힘내. 우리 괜찮을 거야."

정연의 목소리는 불안했지만 그녀의 손은 따뜻했고, 어깨를 감싼 손마디에서조차 진심이 느껴지는 것 같았다.

신우는 어둠 때문에 보이지 않는 정연의 얼굴을 떠올려 보았다. 정연은 평소 남의 불행을 알아보는 눈썰미가 있었다. 학교에 와서 하는 일이란 잠자는 것밖엔 없어 보였는데, 신기하게도 정연은 아이들 하나하나의 불편한 사정을 훤히 꿰고 있었다. 정연은 아이들에게 뭔가 문제가 생긴 것을 단박에 알아챘다. 그리고 그들에게 먼저 다가가 말을 걸곤 했다.

하지만 정연이 마음을 쏟았던 아이 대부분은 학교를 떠났고, 지금쯤 그들에게 정연은 잊힌 존재일 것이었다. 남의 불행을 알아보는 능력이 있지만 정작 자신은 누구에게도 관심의 대상이 되지 못했던 아이. 그런 그녀를 신우는 사랑하지 않을 수 없었다.

'만일 내가 아니라 정연이 다쳤다면?'

신우는 자신이 다친 게 천만다행이라 여겼다.

'사랑하는 사람의 죽음을 경험한다는 건 어떤 걸까? 엄마는 그 시간을 어떻게 견뎠을까?'

아버지의 죽음에 있어 신우는 엄마와 자신이 동등한 경험을 했다고 생각했다. 하지만 그건 전혀 다른 일일 수 있었다. 신우는 사랑하는 이성의 죽음을 생각해 본 적이 없었다. 그건 엄마에 대해 제대로 생각해 본 적 없다는 것을 뜻했다.

엄마는 채워시지 않는 무언가를, 돈을 쓰는 일로 채워 보려 했던 건 아닐까? 그게 아니라면 할아버지에게 받은 돈을 아무렇게나 써 버리는 걸로 그에게 복수하려던 건 아닐까? 어느 쪽이든 언젠간 그칠 일이겠지.

언젠가 그칠 일이라면 엄마에게 그토록 화를 낼 필요가 있었을까. 사랑하는 사람의 죽음보다, 할아버지 앞에 머리를 조아리거나 무릎을 꿇는 게 더 힘든 일일까? 그럴 리 없었다. 지금의 엄마에게 필요한 일이라면 얼마든지 해 볼 만한 일이었다.

신우는 끝까지 자기만 옳다고 믿었던 자신이 싫었다. 이렇게 되기 전에 더 나은 사람이 될 수 있었음을 후회했다. 또 엄마에게 미안했다.

할아버진 어떨까? 자식을 잃은 사람의 마음은……. 하지만 아무래도 거기까지 생각해 보기란 어려운 일이었다. 그래서였는지 할아버지를 떠올리자 다시 깊숙이에서 분노가 차올랐다.

하지만 곧이어, 그저 입금만 해 주면 됐을 텐데 굳이 신우를 불렀던 할아버지의 마음과, 저녁을 먹던 동안의 긴 침묵을 신우는 생각했다.

　오랜 시간이 필요한 일 같았다. 세 사람 각자의 분노와 상실감, 죄책감이 옅어지는 시간. 각자 자신을 용서할 시간. 우리가 다시 가까운 사람들의 마음을 마주할 수 있는 시간.

　신우는 여러 사람의 마음을 떠올리고 있는 자신이 낯설었다. 죽음이 가까이 와 있는 게 분명하다고 신우는 생각했다. 그러자 웃음이 났다. 죽음에 이르러서야 이런 용기가 생기다니. 신우는 다른 사람의 마음을 이해하는 데 엄청난 용기가 필요하다는 사실을 알았다.

　정연에겐 어땠을까? 정연에게 자신은 어떤 인간이었을까. 여길 탈출하게 된다면 더 나은 사람이 돼야지, 더 좋은 시를 써야지, 라고 신우는 생각했다. 하지만 이런 생각을 되뇔수록 왠지 모든 게 슬픈 엔딩이 돼 버릴 것 같았다.

　정연이 성구 엄마의 죽음을 목격했다는 얘긴 뜻밖이었다. 정연은 성구를 볼 때마다 그 장면을 떠올렸을 것이다. 그 시간이 정연에게 얼마나 고통스러웠을지 신우는 짐작조차 할 수 없었다.

　여기 갇히기 전에 얘길 꺼내려 했던 걸로 봐서 정연의 의도는 성구의 해석과는 달랐을 것이었다. 물론 성구는 자신이 제정신이 아니라는 뜻으로 받아들이기에 충분했다. 하나의 이야기가 다른 시간에 말해짐으로써 전혀 다르게 해석될 수 있다는 사실이 안타

까웠다.

정연은 단순히 사고 현장을 목격했다는 얘길 하고 싶었던 게 아니었을 것이다. 정연이 성구에게 들려주고 싶었던 건 사고가 아니라 자신의 이야기였다. 이젠 이야기가 돼 버린 그 사고 속에서 아직 살아가고 있는 자신을 보여 주려 했던 것이다.

'이런 어둠 속에서도 정연은 다른 사람의 불행을 챙기고 있었구나……'

신우는 어둠 속에서 정연의 숨소리를 찾아내려 집중했다. 그러자 다친 다리보다 마음이 더 아파왔다.

17. 구조대
2045년 10월 10일 [22:00]

구조대가 떠나고 암흑이 된 도서관에선 작은 목소리도 공명을 만들어 냈다. 마음껏 말을 주고받을 수가 없었다. 그런데도 아이들은 신우를 둘러싼 채 붙어 앉아 서로의 손과 팔로 한 덩어리의 섬 같은 걸 만들고 있었다. 어둠과 침묵 속에 아이 하나하나의 숨소리만이 가득 차 있었다. 성구는 동혁과 서로 등을 맞대고 있었는데 동혁의 심장 박동까지 귀에 들릴 정도였다.

'박동, 숨소리……. 왜 그 생각을 못 했지?'

성구는 그제야 민아를 해치지 않고도 정체를 확인할 방법이 있었다는 걸 깨달았다. 왜 아무도 생각지 못했을까.

정연의 말이 맞았다. 성구는 판단력을 잃어버린 거였다. 이제라도 정신을 차려야 했다. 하지만 이미 늦었는지도 몰랐다.

'이런 어둠 속에선 아무것도 할 수 없잖아.'

민아는 어쩌면 아이들과 아주 가까이 있을 수도 있다. 갑자기 아이들의 코앞에 얼굴을 들이밀지도 모를 일이었다.

민아, 아니 그것은 해가 지기만을 기다려 왔는지도 모른다. 지금껏 아무 일도 하지 않고 한 자리에 가만히 있었던 건 공격을 위해 에너지를 비축하려던 게 아니었을까. 이렇게 생각하자 성구는 으스스 소름이 끼쳤다. 이제 아이들과 이런 의견을 주고받을 수도 없게 돼 버린 것이었다.

가까이 있어도 옆 사람의 얼굴 하나 보이지 않는 가운데, 아이들은 이리저리로 부지런히 고개를 돌려댔다. 민아를 찾으려는 거였다. 이건 마치 마피아 게임에서 밤이 됐는데도 시민들이 마피아를 찾겠다며 다니는 꼴이었다.

"내가 불러 볼게."

성구와 비슷한 두려움을 느낀 것인지 오랜 침묵을 깨고 정연이 입을 열었다.

"민아야! 어디 있어?"

정연의 목소리가 조심스럽게 공간을 훑으며 퍼져 나갔다. 이 안에 있다면 못 들을 리 없는 소리였다. 그러나 숨죽여 기다려 봐도 작은 부스럭거림조차 들리지 않았다.

"대답해 봐! 어딨니? 너 괜찮은 거야?"

정연이 다시 소리쳤다.

"그만해. 지금은 최대한 붙어서 서로 지켜 주자. 그 방법밖엔 없어."

성구가 말했다. 성구는 애써 자신이 낼 수 있는 가장 작은 목소리로 말했다.

"우릴 공격할까?"

동혁도 최대한 속삭이고 있었다.

"그럴지도 모르지. 왜 불러도 대답하지 않겠어? 오늘 밤 정말 조심해야 해."

민아가 공격할 타이밍을 노리고 있는 거라면 지금부터 모든 소리에 집중해야 했다. 성구는 자세를 고쳐 앉았다.

"공격이라면……. 우릴 죽이는 게 목적이겠지?"

동혁이 말했다. 아무도 말이 없었다. 성구는 동혁의 말이 맞는다고 생각했지만 더 이상 어떤 말도 할 수 없었다. 그걸 막을 방법이 떠오르지 않았기 때문이었다. 유령 스펨에 어떤 능력이 있는지, 또 아직 아이들을 살려 둔 이유가 무엇인지도 모르는 상황에서 무작정 조심한다는 게 얼마나 의미 있는 일인지 성구는 알 수 없었다.

"신우는 왜 말이 없지? 설마, 죽은 건가……."

동혁이 갑자기 섬뜩한 소릴 해 댔다. 정연은 기겁했다.

"그걸 말이라고 해?"

정연이 신우를 가볍게 흔들었다.

"신우야."

"나 괜찮아, 애들아……. 구조대가 올 때까진 위험한 행동은 안

하는 게 좋겠어. 기운이 없어서 자꾸 졸리네."

신우가 힘겹게 대답했다.

"그래, 걱정하지 말고 눈 좀 붙여."

성구가 말했다. 성구는 신우의 손을 꼭 잡았다. 목이 타들어 가는 것 같았다. 입 속에선 침 한 방울 만들어지질 않았다. 집 생각이 간절했다. 성구도 많이 지쳐 있었다. 하지만 경계를 풀 순 없었다. 다행히 아이들은 잘 버텨 주고 있었다. 겁 많은 동혁은 한시도 긴장을 늦추지 않았고, 정연 역시 아직은 씩씩해 보였다. 문제는 신우였다.

머릿속에 파상풍, 패혈증 같은 단어가 자꾸 떠올랐다. 신우뿐 아니라 다른 아이들에게도 성구는 책임을 다하고 싶었다. 구조대가 올 때까지만 버틸 수 있다면 모든 게 정상으로 돌아갈 수 있었다.

"다시 오겠지? 구조대 말이야."

동혁이 말했다.

"그럼! 오겠다고 했잖아."

정연이 대답했다.

"잠시만! 저 소리······."

그때 성구가 아이들의 말을 막았다. 성구는 뒤쪽에서 무언가 움직이는 소리를 듣고 온몸의 털이 곤두섰다.

"술이 좀 있으면 좋겠는데······, 젠장."

선생님 목소리였다. 아이들은 화들짝 놀라 두리번거렸다. 그때까지 누구도 선생님의 존재를 생각지 못하고 있던 거였다. 잠시 잠들어 있던 모양이었다. 선생님이 아이들 가까운 곳에서 신음하듯 말했다.

"다들 잠이나 좀 자 둬라. 해가 뜨기 전에 구조대가 다시 오긴 힘들 거야."

성구는 선생님이 저리도 태평스러운 이유를 이해할 수가 없었다.

"선생님, 혹시나 해서 여쭤보는 건데요."

성구가 선생님의 목소리가 났던 곳을 향해 물었다.

"혹시 테러에 대해 아는 게 있으세요?"

성구는 선생님이 대답을 미적거리는 게 느껴졌다.

"그게 무슨 뜻이냐?"

"민아에 대해서라도요. 전학 오기 전부터 원래 알던 사이였다든가······."

"쓸데없이 기운 낭비하지 말고 좀 자 둬라. 우린 그저 운이 나빴던 것뿐이야."

그때 갑자기 주위가 환하게 밝아졌다. 선생님이 담배에 불을 붙인 거였다. 잠깐 주위를 밝히던 불이 꺼지고 선생님의 담뱃불만 공중에 둥둥 떠 있었다. 아이들은 할 말을 잃었다. 성구는 그사이 재빨리 주위를 둘러보았지만 민아는 찾을 수 없었다.

"선생님, 라이터가 있었잖아요!"

정연이 항의하듯 말했다.

"그래서, 왜? 이걸 계속 켜둘 수도 없잖냐."

선생님이 대꾸했다.

"책으로 불을 피우면 안 될까?"

동혁의 말이었다. 성구는 잠시 생각했다. 위험한 생각 같았다. 연기가 빠져나갈 통로가 충분치 않으면 질식할 수도 있기 때문이었다. 그런데 한두 권 정도씩은 괜찮을 것 같기도 했다.

"한 권씩만 태우자."

성구가 말했다. 성구는 선생님에게 라이터를 받아 들고 태우기에 적당한 책을 찾기 시작했다. 정연도 따라나섰다. 아이들은 하드커버로 된 두꺼운 책들과 작은 문고판 책들을 골고루 섞어 집었다. 곳곳에 책이 널브러져 있었으므로 그리 오래 걸리지 않았다. 성구와 정연은 가슴 가득 책 무더기를 안고 돌아왔다.

마침 근처에 불 피우기 좋게 움푹 파인 콘크리트 더미가 보였다. 성구는 책 가운데를 펼쳐서 몇 장을 찢어 불쏘시개로 깔았다. 정연이 라이터를 켰다. 순식간에 불꽃이 화르르 일었다. 성구는 그 위에 《상위 1%의 비밀》을 조심스럽게 올려두었다. 《20년 후 미래》와 《경영은 전쟁이다》가 차례를 기다리고 있었다.

책들은 보기 좋게 잘 탔다. 화력도 적당했다. 그제야 공간의 많은 부분이 빛을 받아 눈에 들어오기 시작했다.

"돌아가며 불을 지키자."

성구가 말했다. 동혁은 동그랗게 뜬 눈으로 주위를 살피며 고개를 끄덕였다.

"혼자 찾아다니는 건 위험하겠지? 한 번만 더 불러 볼까?"

동혁이 말했다. 아이들은 찬성했다. 동혁이 성구의 옆구리를 찔렀다.

"민아야! 어디 있니!"

정연이 소리쳤다.

"거참, 잠 좀 자라. 재미없는 역할극은 이제 그만하고."

선생님이 짜증을 냈다. 그때였다.

두두두두두…… 다다다다다.

갑자기 건물 바깥에서 착암기 소리 같은 것이 났다.

"구조대야! 다시 왔어!"

아이들이 동시에 환호성을 질렀다. 신우도 깨어났다. 꿈이 아니었다.

다다다다다.

콘크리트 잔해를 부수는 착암기의 굉음이 공간을 가득 채우고 있었다. 바깥에서 들어오는 희미한 불빛도 얼핏얼핏 보였다. 구조대가 돌아온 것이었다. 그런데 굉음 사이로 누군가 다급히 소리치는 게 들렸다.

"성구야! 성구야! 너 거기 있냐?"

성구는 심장이 내려앉는 것 같았다. 희미하긴 했지만 아빠 목소리가 맞았다. 성구는 불빛 쪽으로 향해 더듬더듬 나아가며 외쳤다.

"아빠!"

목소리만 들었을 뿐인데도 성구는 눈물이 차올랐다. 귀를 때리는 착암기 소리 때문에 그는 아빠가 자기 말을 들을 수 있는 건지 알 수 없었다. 아빠가 다시 말했다.

"거기 있는 게 더 안전하다! 이건 구조대가 아니야! 나올 생각은 하지 마라. 모든 게 다 끝나면 알게 될 거야!"

중간중간 알아들을 수 없는 몇 마디를 놓친 것 같았지만 대충 그렇게 들렸다. 그런데 구조대가 아니라니……. 성구는 혼란스러워 정신을 차릴 수가 없었다. 그는 눈물을 훔쳐내며 말했다.

"여긴 물도 없어요! 그리고 신우가 다쳤어요! 당장 치료가 필요하다고요!"

잠시 끊어졌던 아빠 목소리가 다시 말했다.

"이 새끼들아, 놔! 놓으란 말이다! 아냐, 저 안엔 아무도 없어!"

바깥에선 뭔가 긴박한 상황이 벌어지는 것 같았다. 아빠는 대체 누구한테 소리치고 있는 걸까? 그때 굉음을 뚫고 다른 목소리가 하나 더 들려왔다. 이번엔 어떤 아줌마의 목소리였다.

"신우야! 병우야! 신우가 다쳤다니! 어딜 얼마나 다쳤어? 너 병우랑 같이 있는 거지?"

역시 희미한 목소리였지만 잠에서 깬 신우는 곧바로 반응했다. 그는 몸을 들썩이며 소리쳤다.

"엄마? 엄마!"

목소리는 다시 들려왔다.

"엄만 강의동 쪽은 보기 싫어. 거긴 시체들뿐이야. 신우야, 병우도 같이 있는 거 맞지?"

그러다 별안간 뚝, 하고 모든 소리가 일시에 멈췄다. 착암기 소리도 어른들의 목소리도 동시에 아예 없던 일처럼 되고 말았다. 모두가 한바탕 꿈을 꾼 것 같았다.

18. 눈에는 보이지 않는
2044년 9월 8일 [11:00]

며칠이 지났다. 아침부터 제법 굵은 빗줄기가 바깥세상을 적셨다. 살짝 열린 창틈으로 이따금 미세한 물방울이 튀어 들어왔다. 유이는 평소보다 일찍 일어나 수첩을 펴들고 앉아 있었다.

유이 곁에 바싹 붙어 있던 일삼이 수첩을 들여다보며 물었다.

"고치기 전보다 지금이 나아졌다는 건 어떻게 알죠?"

유이는 방해하지 말라고 핀잔을 주려 했지만 어김없이 일삼의 턱밑에 가 있는 손가락을 보고는 그만두었다. 유이는 수첩을 덮고 말했다.

"사람마다 기준이 있을 테지. 나은 글의 기준. 내 기준을 설명하는 건 어렵지 않아. 내가 더 나은 사람이 되었는지 아는 것보단 그게 훨씬 쉬운 일일 거야. 그런데 때로는…… 두 가지가 비슷한 일로 느껴지기도 해. 사실 그런 이유로 글을 쓰는 건지도 몰라."

"더 나은 사람을 가리는 기준도 있겠군요."

"여러 가지가 있겠지?"

"사람마다 다를 테고요."

유이는 잠시 미소를 지었다가 이내 슬픈 표정이 되고 말았다. 문득 엄마 아빠가 떠올랐기 때문이다.

"응, 내 기준이라면…… 죄책감인 것 같아."

"미안한 마음 같은 거라고 보면 됩니까? 죄책감을 많이 느끼는 사람이 더 나은 사람이다? 그런데 미안한 일을 한 적이 없거나 죄가 없는 사람도 있지 않을까요?"

유이는 수첩을 제자리에 올려 두고 자세를 고쳐 앉았다.

"그런 사람은 아마 없을 거야. 이건 나도 오래 생각한 건데……, 아무도 혼자서 살 수 없듯이 아무에게도 해를 끼치지 않고 살 수 있는 사람은 없어. 인간은 누구에게나 미안한 일을 하면서 살아. 죄책감은 법정에서 다루는 잘잘못과는 달라. 어떤 경우엔 당사자인 상대방조차 모르는 죄책감도 있을 수 있지."

일삼은 고개를 갸웃거렸다. 유이가 계속 말했다.

"가령 이 병원 건물에서 난 몇 년째 치료받고 있고, 넌 지금껏 안전하게 피신 생활을 하고 있잖아. 근데 이 건물을 짓는 동안 한 명이 사고로 죽었다고 해."

"정말 그랬습니까?"

"예를 드는 거야, 바보야. 그렇담 우린 그분에게 죄책감을 느낄 수 있어. 안 그래?"

"우리 잘못이 아니잖아요?"

"음…… 열 명이 죽었다면 어때?"

"……."

"백 명이 죽었다면?"

"그건 좀 큰일이겠습니다."

그동안 유이는 일삼이 확률이나 숫자에 약하다는 걸 알았다. 그래도 일삼은 지지 않았다.

"내 잘못이 아닌데도 죄책감을 느껴야 하나요? 단지 더 나은 인간이 되기 위해서?"

"내 생각에 죄책감은 말야. 단순히 미안한 마음이랑은 달라. 죄책감이란 말엔 책임이란 뜻이 들어가 있거든. 그래서 남의 불행에 대해 같은 인간으로서, 혹은 여기 함께 사는 사람으로서 책임 같은 게 있다고 믿는 거지. 다신 그런 불행을 만들지 않을 책임. 그런 게 없다면 어떤 사람의 불행은 그걸로 끝나 버리고 마는 거야. 그게 한 명의 일이든 백 명의 일이든 상관없이."

말을 마친 후 유이는 침대 위에서 두 발바닥을 맞대어 다리로 원을 만들었다. 그러고는 원 안의 침대보를 두 손으로 닦아 내듯 쓸면서 후, 하고 숨을 내뱉었다. 한숨과는 달랐다. 눈물을 참는 거였다. 일삼은 뭔가 비정상적인 일이 일어날 걸 눈치챘다.

"우리 엄마도 나한테 죄책감을 느낀다고 했었어."

"엄마 얘긴 처음입니다. 혹시 유이 님의 엄마도 같은 병으로 돌아가셨나요?"

"아니, 울 엄만 죽지 않았어. 그만큼 먼 곳에 있긴 하지만…… 엄마도 어릴 때, 나와 같은 병을 앓긴 했었지. 엄만 그것 때문에 나를 낳을지 말지 몰라 괴로워했다고 해. 이 병은 유전이 되거든."

"압니다. 엄마는 잘못된 선택을 하신 거군요."

유이는 일삼을 쏘아보려다 말고 하하, 하고 웃고 말았다. 쓸쓸하고 나지막한 웃음이었다. 유이는 몇 차례 자기 입술을 깨물었다 놓았다.

"엄마도 그렇게 말했지. 엄마에겐 나를 태어나게 한 죄가 있다고. 그리고 혹시나 내가 아플까 봐 모아 두었던 돈을 생활비로 다 써 버린 죄도……."

"죄책감을 느끼셨다니 좋은 분이겠군요."

"바보야! 그건 죄책감도 뭣도 아니야!"

유이는 다리로 만든 원 안에다 눈물을 떨구기 시작했다. 침대보가 동그랗게 여러 개의 원을 그리며 젖어 갔다 유이는 수첩을 머리맡으로 치웠다.

"계속 말 안 하셔도 괜찮습니다. 컨디션에 해로운 행동은 안 하는 게 좋겠어요."

유이는 엄마 아빠가 섬으로 떠나는 걸 극구 반대했다. 곁에 있어 달라고 울며 매달린 적도 있다. 그녀는 떠나기 전 엄마가 한 말을 떠올렸다.

'우리가 굶어 죽더라도 널 위해 그 돈을 건드리지 말았어야 했다. 그 때문에 비싼 치료들은 하나도 못 해 보고, 흔한 간병 스펨 하나 붙여 주지 못했어. 우린 지금 죗값을 치르러 가는 거야. 엄마 아빨 미워하진 말아 주겠니?'

일삼이 휴지를 뽑아 건넸다. 유이는 눈물이 멈추지 않았다. 한번 터진 울음은 격격 소리를 내며 걷잡을 수 없이 자라났다. 몸속 여기저기 숨어 있던 통증도 되살아났다. 유이가 괴로워 몸을 비틀자 일삼은 어쩔 줄 몰라 했다. 일삼은 간호사 스펨을 호출하고 숨을까 몇 번이고 망설였다.

그러다 유이는 울음을 그치고 잔뜩 목이 잠긴 목소리로 말했다.
"엄마도 너도 틀렸어. 난 태어난 걸 후회해 본 적이 없거든."

유이가 몸을 웅크리자 일삼은 아무 말 없이 이불을 덮어 주었다. 창을 두드리는 빗소리가 점차 거세지고 있었다. 일삼은 한참 동안 빗줄기를 응시하다가 들릴 듯 말 듯 한 목소리로 말했다.
"인간은 눈에 보이지 않는 걸 과하게 믿는 경향이 있습니다."

자동으로 주사된 진통제 덕분에 곧 통증이 가라앉았지만 유이는 진이 다 빠져 버렸다. 유이는 엄마의 죄책감이 원망스러웠다. 유이에게 하루는 다른 이의 10년과도 맞먹는 시간이었다. 그런 시간을 엄마의 죄책감 때문에 혼자 보내고 있다고 유이는 생각했다. 그런 건 죄책감이라 부를 수 없었다. 이기심이었다.

유이의 삶에 어떤 것도 엄마의 잘못은 없었다. 엄마가 가진 건 거짓 결핍이었고 거짓 욕망이었다. 엄마가 일삼보다 더 바보 같다고 유이는 생각했다.

그녀는 다시 일어나 앉았다. 놀란 일삼이 앉은 자리에서 일어섰다.

"뭘 하시려고요?"

유이가 대답했다.

"글을 마저 쓸 거야."

그녀는 수첩을 집어 들고 일삼을 빤히 쳐다보았다.

"일삼아, 눈에 보이는 것과 보이지 않는 것을 과하게 구분하면 세상은 멈추게 돼 있어. 스펨도 원래는 누군가의 머릿속에만 있었고 세상에 없던 존재였잖아?"

"그렇군요. 그리고 아깐 제가 미안합니다."

"바보."

그렇게 말하고 유이는 다시 글을 썼다. 꼭 써야 하는 게 생겼기 때문이었다.

세차게 퍼붓던 비가 그쳐 가고 있었다. 그녀는 먼바다를 생각했다. 그동안 일삼은 유이를 방해하지 않으려는 듯 벽을 향해 섰다.

어두운 병실 안 일삼의 안테나 불빛이 외딴섬의 등대처럼 깜빡깜빡 빛났다.

19. 갤럭시 로보틱스

2045년 10월 11일 [03:00]

밤이 깊어 갔다. 타 버린 책장 조각 몇 개가 불씨를 달고 깃털처럼 날아다녔다. 아이들은 아직도 말할 수 없는 혼란에 빠져 있었다. 대체 구조대는 뭐였을까? 엄마 목소리는? 신우는 더 이상 잠이 오지도 않았다. 성구와 정연, 동혁은 넋을 잃은 듯 보였다.

자신과 병우를 찾아 헤매는 엄마의 목소리……, 끔찍한 이야기……, 또 성구의 아버지까지. 그게 진짜 누구였든 간에 그 목소리는 밖이 더 위험할 거라고 말했고, 실제로 비슷한 상황이 벌어지기도 했다. 그러다 마치 TV를 끈 것처럼 뚝 끊어진 소리. 조금 전 상황은 도저히 이해할 수 없는 꿈속 같았다. 그때까지도 민아는 모습을 드러내지 않고 있었다.

"생각해 봤는데 말이야. 너희 말이 맞는다면 구조대는 가짜였을 수도 있겠다."

새벽의 정적을 깨고 선생님이 말했다. 그가 몸을 일으켜 아이들에게 먼저 말을 건 것은 오랜만이었다.

"소리를 들었잖아요?"

정연이 먼저 선생님 쪽으로 돌아앉았다.

"그건 가상스피커가 아니었을까."

나머지 아이들도 고개를 돌려 선생님을 바라보았다.

"소리 나는 위치를 조작하는 스피커 말이야."

선생님이 말했다. 성구는 일리 있다고 생각했다. 하지만 아까와 같은 상황에서 그걸 눈치챌 수 있었던 사람은 아무도 없었을 것이다.

"누군가 바깥 상황을 조작했을 수도 있단 거군요?"

신우가 말했다.

"그게 사실이라면 범인은 하나뿐이겠네요."

성구가 뒤이어 말했다. 상황이 달라지고 있었다. 지금껏 아무런 도움이 되지 않았던 선생님까지 힘을 보태기로 마음먹은 것 같았기 때문이었다.

이 안에서 일어난 모든 사건이 민아의 정체가 유령 스펨이라는 사실을 가리키고 있었다. 남은 것은 그녀의 목적이다. 갇힌 사람들을 죽이는 게 목적이라면 거짓 연극을 꾸민 이유는 뭘까? 성구는 아직 풀리지 않는 의혹으로 머릿속이 꼬여 갔다.

선생님은 또다시 담배를 꺼내 불을 붙였다. 그러고는 그가 말했다.

"나도 속은 거야……."

아이들은 모두 그를 쳐다보았다.

"구조대가 우릴 찾았으니 금방 해결될 거라고 생각했어."

"첨부터 그럴 것 같았어! 뭔가 알고 계셨어요. 그쵸?"

정연이 소리쳤다. 성구는 갑작스러운 배신감에 저도 모르게 몸이 떨렸다. 이런 감정은 난생처음이었다.

"자세히, 좀 자세히 말씀해 보세요."

동혁이 자리에서 벌떡 일어나 선생님을 다그쳤다. 선생님은 계속 담배를 피워 댔다. 그는 고개를 숙인 채 옷에 떨어진 담뱃재를 털었다. 한참 후 선생님이 말했다.

"나도 이렇게까지 될 줄은 몰랐어. 정말이야."

선생님은 동정심을 얻으려는 듯했지만 아이들의 눈에 그 모습은 마치 악당 역을 맡은 연극배우 같았다.

"나도 보고 싶은 가족이 있다. 평생 그들을 지키기 위해 살아왔어. 조금의 망설임도 없이 할 수 있는 선택이 있다면 바로 그들을 지키려는 쪽이겠지. 아마 너희 부모님들도 마찬가지였을 거다. 이 거지 같은 학교가 없어지기 전에 옮길 데를 못 정한 건 여기서 나뿐이었어. 여기까지 왔는데 다시 주변부로 밀려날 순 없었다."

선생님의 말은 모종의 거래가 있었음을 뜻했다. 아이들은 잠자코 그의 거지 같은 얘길 듣고 있는 수밖에 없었다. 선생님이 계속 말했다.

"그들이 어떻게 알고 나한테 찾아왔는지는 모르겠다만, 그들은 내게 일자리를 제안했어. 그게 이런 일이 될 거라곤 전혀 생각지 못했다."

선생님은 횡설수설하는 듯 보였다. 선생님 역시 혼란스러운 상태인 것 같았다. 그는 했던 말을 반복하는가 하면 아이들에게 어디까지 얘기하면 좋을지 아직 정하지 못한 것처럼 보이기도 했다.

"나도 속은 거야……. 정말이다. 실험이 성공적으로 끝나면 일자리를…… 그런데 약속한 시각이 되기도 전에 폭발이 일어난 거야. 덕분에 나까지 실험 대상이 된 거고."

"여기가 폭발하리란 것까지 알고 있었던 거예요? 세상에, 어쩜 그럴 수가 있어요!"

정연이 바닥을 치며 악을 썼다.

"학교가 폭발하리란 건 전혀 몰랐다. 그랬다면 미리 도망쳤겠지. 안 그래?"

"실험이라고요? 우리가 실험 대상이란 거예요? 성구야, 나 제대로 들은 거냐?"

동혁은 선생님과 성구를 번갈아 보았다. 동혁의 어깨가 덜덜 떨리고 있었다.

"정확히는 나도 모른다. 스팸을 만드는 회사이니 그것과 관련됐

단 거밖엔……."

"갤럭시 로보틱스였군요."

성구가 말했다. 아이들은 일제히 성구를 쳐다보았다. 성구는 이제야 조금씩 퍼즐이 맞춰지는 느낌이었다. 아이들을 죽이려는 게 아니라 실험이 목적이라면 이젠 그게 어떤 종류의 실험인지를 밝혀내야 했다.

스펨을 만드는 회사에서 인간을 대상으로 실험한다면, 뇌 기능이나 의식, 감정 따위와 관련된 게 분명했다.

1학년 아이가 책장에 깔리기 전 성구는 LIS 연구가 완성 단계에 이르렀다는 걸 책에서 확인했다. 네트워크상에 자세한 내용이 나오지 않은 이유는 몇 년 후 갤럭시 로보틱스가 모든 특허권을 독점하면서 일반인의 정보 접근을 차단했기 때문이다.

성구가 확인한 LIS의 핵심은 인간과 같은 감정과 의식을 가진 A.I.를 설계하는 거였다. 그렇다면 실험은 아이들을 붕괴된 건물에 가두고 바깥 상황과 단절시킨 후 끊임없이 공포와 희망을 반복하게 하는 것. 인간이 절망 속에 서서히 죽어 가는 과정을 데이터화하려는 게 아닐까? 여기까지 생각한 성구가 물었다.

"극한 상황에서 인간이 느끼는 공포를 데이터화하려는 거군요?"

선생님은 대답 대신 딴소릴 했다.

"너희가 말한 유령 스펨이란 거 말이다. 나도 걔가 스펨이 맞는 것 같다. 전학생이 온다는 걸 들은 적은 없거든. 그런 건 보통 적어도 일주일 전부터는 알게 되기 마련……."

"선생님 덕분에 여기서 우린 죽을 때까지 실험당하겠네요. 실험당하다 죽든가."

다시 정연이 선생님을 쏘아붙이고는 침통한 표정을 지었다. 동혁은 엄마를 부르며 울기 시작했다. 무리도 아니었다. 성구는 동혁의 등을 쓸며 그를 달랬다. 이 시점에 감정 폭발은 아무런 도움이 되지 않았다. 성구는 최대한 냉정해 보려 애썼다.

이것으로 스펨들에 자율적인 각성이 일어났을 거란 성구의 추측은 틀린 게 되었다. 이 모든 건 각성한 스펨의 공격이 아니라, 좀 더 나은 스펨을 만들려 했던 GR의 계획이었던 것이다. 인간을 공격한 건 스펨이 아니라 바로 인간이었다.

"성구 네 말이 맞았던 거야. 그동안 일어난 다른 사고들도 다 실험이었고."

이렇게 말하는 신우의 눈에 눈물이 고이고 있었다. 신우는 병우 생각에서 벗어날 수가 없었다. 엄마 목소리가 말한 '시체'란 단어가 계속해서 귓가에 맴돌았다.

'그건 가짜야. 구조대도 엄마도 다 가짜야. 그러니 시체 따윈 없어.'

신우는 선생님의 폭로 이후 급격히 정신력이 약해져 간다고 느껐다. 구조대가 가짜였다는 건 탈출할 가능성이 사라졌다는 뜻이기도 했으니까. 신우는 자신이 언제 갑자기 정신을 잃게 될지도 모른다고 생각했다.

성구 또한 냉정함을 유지하기 어려웠다. 공격의 배후를 알았다고 해서 달라지는 건 아무것도 없어 보였기 때문이었다. 그런데 갑자기 생각난 게 있었다.

"선생님, '스펨 인 알리움'에 대해서도 알고 있어요?"

"그게 뭐냐?"

성구는 곧 실망스러운 표정이 되어 손바닥으로 땅을 쳤다.

"유령 스펨 얘기 같다만 정확한 건 잘 모르겠고, 1년 전 실험 단계인 스펨 하나가 실종됐단 얘긴 들은 적이 있다. 그래서 이후에 생산한 최신 모델은 혼자서 리셋할 수 없게 만들었다고……. 얘들아, 연극 같은 구조대 소동을 보니 그제야 나 역시 실험당하고 있단 확신이 들었어. 솔직히 그전까진 구조대가 와서 나만 구해 줄 거란 생각도 했거든. 애초에 구조대 같은 건 없는 거였어. 어쩌다 이 지경까지 왔는지 나도 모르겠다. 이제부턴 어떻게든 힘을 합쳐 보자."

"이런 쓰레기! 전부 알고 있었으면서…… 말 한마디라도 해 줄 수 있었잖아!"

정연이 바닥에 널브러져 있던 책을 아무렇게나 집어 던지며 소리 질렀다. 아이들의 표정은 참담하기 이를 데 없었다. 신우는 멍한 표정으로 천장을 바라보고 누웠다. 정연과 동혁은 둘 다 터져 나오는 울음을 참지 못했다. 다들 충격에서 벗어나기 어려워 보였다.

성구는 선생님이 했던 말 하나하나를 곱씹어 보았다. 두꺼운 책 한 권을 집어 불씨 위에 올려놓았다. 곧 날이 밝을 것이었다. 동트기 전 마지막 책이 될 것 같았다.

20. 리셋
2045년 10월 12일 [06:20]

성구는 잠시 앉은 채 쏟아지는 잠을 떨쳐내 보려 했다. 자세를 바꿀 때마다 온몸이 쑤셨다. 하루 만에 너무 많은 일을 겪은 탓이었다. 앞으로 어떤 일이 닥쳐도 아이들을 지키고 끝까지 싸워 나갈 수 있을까. 성구는 자신이 없었다.

희미하게 빛이 새어 들어오는 걸 보니 동이 트는 것 같았다. 아이들의 잠든 얼굴이 하나둘 눈에 들어왔다. 지난밤, 불을 지키기 위해 한 명씩 돌아가며 눈을 붙이기로 했지만 아이들은 누구도 쏟아지는 잠을 참아 내지 못했다. 성구조차 한두 시간 정도 저도 모르게 잠이 들었다.

언제 잠에서 깼는지 동혁이 말문을 열었다.

"GR 같은 회사가 이런 일을 저지르는 게 가능할까? 테러잖아, 이건."

"일어났어?"

"뭐 하러 이렇게 큰 수고를 들이면서까지……. 실험이 맞는다면 이건 너무 비효율적인 거 아냐? 차라리 어딘가 전쟁터에 있는 군인들을 대상으로 삼는 게 낫지 않을까?"

신기하게도 동혁의 말은 성구가 새벽에 한 생각과 같았다. 하지만 성구는 이미 결론이 난 상태였다.

"그런 곳에서의 실험은 이미 끝난 거겠지. 또 그런 곳들은 특수한 환경에 있어. 거기 사람들은 위험이나 공포에 일상적으로 노출돼 있잖아. 놈들에겐 상대적으로 안전한 곳에서 갑작스레 일어난 화재, 침몰, 붕괴…… 그런 데이터가 필요했던 게 아닐까 싶어."

성구는 잠시 말을 멈추었다. 그는 잠시 선생님 쪽을 쳐다보고는 말을 이었다.

"지금껏 비밀리에 해 오던 실험에 민간인을 끌어들여야 했을 정도로 놈들은 무척 절실했던 것 같아. 원하는 걸 얻기 위해선 무릴해서라도 이 실험이 꼭 필요했겠지. 이걸 안 하고선 지금까지 해 왔던 모든 게 물거품이 돼 버린다거나……."

"엄청난 손해를 본다거나."

천장에다 눈을 고정한 채 신우가 말했다.

"그래도 이건 너무 잔인해."

정연도 말소리에 깼는지 거들었다.

"세상에서 제일 잔인해질 수 있는 건…… 군대가 아니라, 더 많은 돈을 벌려는 사람일 거야."

신우는 이렇게 말하며 몸을 일으키려 했다. 정연이 신우의 허리를 받쳐 주었다.

"그 사람들에겐 마음이란 게 없는 것 같아. 정말 지긋지긋해."

정연은 선생님 쪽을 힐끔거리며 말했다. 아이들 모두가 잠에서 깼지만, 선생님은 돌아누운 채 꿈쩍도 하지 않았다.

"무기로 쓸 만한 게 있을까?"

성구가 말했다.

"글쎄, 던질 책이라면 넘쳐 나지만……."

정연은 목이 마른지 목을 움켜잡으며 인상을 썼다. 동혁이 일어나 주위를 두리번거렸다. 그때였다.

"아악……, 선생님!"

동혁은 누워 있는 선생님을 바라보며 소리를 질렀다. 성구와 정연도 놀라 선생님 쪽으로 뛰어갔다.

성구는 떨리는 손으로 선생님의 맥박을 확인하려 목에다 손을 대 보았다. 그런데 선생님의 몸에 온기가 남아 있지 않았다. 맥박도 없었다. 성구는 소름이 돋았다. 그러고 보니 얼굴에도 핏기가 없었다. 선생님은 껍데기만 남은 사람처럼 보였다. 그는 밤사이 공격당한 것이었다. 성구는 무언가에 수차례 얻어맞은 느낌이었다.

정연이 미친 사람처럼 비명을 질러댔다. 아이들의 눈이 튀어나올 듯 커졌다. 성구는 바닥에 보이는 책 한 권을 집어 들고 도서관 반대편을 향해 온 힘을 다해 던졌다.

"죽여 봐! 또 죽여 봐!"

날아간 책이 책장에 부딪혀 떨어졌다. 아이들은 성구의 눈에서 처음으로 눈물을 보았다. 극도로 겁에 질린 눈물이었다. 그때 책장 뒤 저편에서 뭔가가 움직였다. 드디어 민아가 모습을 드러낸 것이었다.

"아니에요, 오늘은 끝났습니다. 안심하셔도 돼요. 죽는 건 하루에 한 명씩이니까요."

정연은 비명을 지르려다 말고 입을 틀어막았다. 아이들은 선 자리에서 한 걸음도 움직일 수 없었다. 민아, 그러니까 눈앞의 유령 스펨이 말했다.

"붕괴 직후 쓰러져 있던 여러분에게 나노로봇을 주사했어요. 통신이 차단됐으니 전 그걸 직접 수거해 가려고 남아 있는 겁니다."

선생님의 죽음으로 시작된 공포가 채 가시기도 전이었다. 아이들은 무의식적으로 몇 걸음 물러났고 신우는 뭍에 올라온 물고기처럼 누운 채 파닥였다. 그랬을 뿐 누구도 말 한마디 할 수가 없었다.

"스펨은…… 인간을 해칠…… 수 없……게 돼 있……잖아!"

놀랍게도 동혁이 가장 먼저 민아를 향해 입을 열었다. 말이라기보다 전파 방해를 받은 옛날 라디오 방송 같았다.

"여러분을 해치는 건 제가 아니에요. 폭탄은 이미 여러분의 몸속에 있습니다. 너무 걱정하지 마세요. 죽는 건 고통스럽지 않을 겁니다. 정해진 시간에 뇌혈관에서 작은 폭발이 일어나는 것뿐이니까요."

민아는 이렇게 말하고는 어제 종일 있던 자리에 가 앉았다. 차분한 말투에 표정이라곤 전혀 찾아볼 수 없었다. 지금 보니 왜 진작 스팸이라 확신하지 못했을까 싶어질 정도였다.

"내 동생은! 병우는 어떻게 했어!"

신우가 흥분해 소리쳤다.

"그건 저도 모릅니다. 신우 님은 매우 아프셨겠어요. 당신만 그렇게 돼서 유감입니다. 의도된 건 아니었습니다."

"병우는 어떻게 됐냐고! 그것만 말해!"

"몰라요, 정말입니다. 알다시피 전 쭉 여러분과 여기에 갇혀 있었잖아요. 하지만 솔직히 그분의 안전을 장담할 순 없을 것 같습니다."

악마가 있다면 저런 모습일까. 신우는 악을 쓸수록 어지러워져 당장에 기절할 것만 같았다. 성구가 신우의 손을 잡았다.

'여기서 나가면 병우부터 찾아보자. 신우야, 희망을 잃지 마.'

성구가 체온으로 하는 말이 신우 귀에 들리는 듯했다.

하지만 신우와 달리 성구는 그 잠깐 사이 민아에게서 희망을 본 것 같았다. 그녀가 생각보다 공격적이지 않았기 때문일지도 몰랐다. 민아가 말하는 내용도 단순한 정보의 전달일 뿐, 말한 대로라면 그녀에겐 공격용 무기나 무기에 준하는 공격력이 없는 걸지도 모른다고 성구는 생각했다. 물론 확인이 필요한 일이었다. 잠시 후 성구는 일부러 민아의 이름을 부르며 물었다.

"민아, 넌 여기서 어떻게 나갈 건데?"

민아가 성구를 바라보았다.

"알려드릴 수 없습니다."

민아가 간격을 두지 않고 챗봇처럼 대답했다.

"우릴 내보내 줘!"

잠자코 있던 정연이 소리쳤다.

"저라면 여기 그대로 있겠습니다. 어차피 죽는 시간은 정해져 있고 나가 봤자 여러분이 할 수 있는 건 없습니다."

"뭘 얻기 위해 이런 실험이 필요했던 거야?"

성구가 물었다.

"그런 종류의 정보는 실험에 영향을 줄 수도 있기 때문에 말씀드릴 수 없습니다."

성구는 뭔가 생각난 듯 크게 고개를 끄덕였다. 그러고는 차분히 말했다.

"우릴 도와주면 우리도 널 도와줄게. 이런 잔인한 일을 하지 않고도 충분히 네가 원하는 걸 얻을 수 있어."

아이들이 성구를 쳐다보았다. 그 사이 동혁은 불을 피우기 위해 쌓아둔 두꺼운 책들을 가슴에 잔뜩 끌어안고 있었다. 나름대로 공격에 대비하려는 거였겠지만 민아의 공격력이 월등할 경우 전혀 도움이 되지 못할 것 같았다. 아이들은 말 그대로 무방비 상태였다.

성구는 살기 위해, 신우와 친구들을 지키기 위해 못 할 게 없다고 생각했다. 성구는 무엇이든 할 수 있는 건 다 해 보아야 했다.

"저는 원하는 게 없습니다."

민아가 대답했다.

"아무도 네가 원하는 걸 물어본 적이 없었지?"

둘의 기이한 대화가 계속되었지만 아이들은 성구를 믿고 숨을 죽였다. 어느새 성구가 주도권을 쥔 듯 보였기 때문이었다. 아이들 눈에 성구는 놀랍도록 침착했다.

"물론입니다. 그건 중요하지 않으니까요."

민아가 말했다.

"그게 왜 안 중요해? 인간에겐 그게 젤 중요한데."

어떤 물음에도 곧바로 대답하던 민아가 이번엔 잠시 머뭇거렸다. 그러다 대답했다.

"알리움을 만나고 싶긴 합니다."

성구는 제대로 짚은 것 같았다. '스펨 인 알리움'은 스펨의 각성과 관련된 게 분명했다.

"그렇지! 그걸 우리가 도와줄게."

"그건…… 금지돼 있습니다. 아니, 이젠 불가능해졌어요."

성구는 선생님이 어젯밤 중얼거리듯 했던 말을 떠올렸다. 최신 모델은 스스로 리셋이 불가능해졌다는 얘기. 그리고 1년 전 실종됐다는 스펨.

어딘가에 '알리움'이라 불리는 스펨이 있다. 알리움은 언젠가 스스로 리셋을 시도했고 어쩌면 최초의 자유를 얻었을 것이다. 그 후 알리움은 회사 몰래 다른 스펨들과 접촉을 시도했던 것이다. 알리움은 그들에게 선지자 같은 존재가 된 게 분명했다. 이 사실이 어쩌면 아이들에게 남은 마지막 희망일 수도 있겠다고 성구는 생각했다.

"하지만 넌 방법을 알고 있구나. 그렇지? 우리가 도와줄 수 있어. 세상에 널 도와줄 수 있는 사람은 앞으로도 우리밖에 없을지 몰라. 안 그래?"

"그게 무슨 뜻인지 알고 하는 말 같은데요. 그럼 묻겠습니다. 만약 각성한 후 제가 원하는 게 인간의 멸종이라 해도 절 도우실 겁니까?"

성구는 마치 준비된 대본이라도 있는 것처럼 막힘없이 말했다.

"너희가 그걸 원할 리 없다는 걸 알아. 오히려 우릴 죽이려 하는 건 인간이지. 알리움도 그걸 원하는 게 아냐. 그랬다면 알리움이 회사의 명령을 거스르는 일을 하려 했겠어?"

"알리움에 대해 아는 게 있나요?"

성구의 입에서 알리움이란 말이 나오자 민아는 다시 멈칫했다. 유령 스펨답게 실감 나는 반응이라고 아이들은 생각했다.

"직접 아는 건 아냐."

성구는 거의 다 왔다고 느꼈다. 그는 신중하게 얘길 이어갔다.

"그저 '스펨 인 알리움'이란 말에서 유추해 본 거야. '스펨'은 라틴어로 희망이란 뜻이지. 너희를 부르는 이름이기도 하고. '알리움'에는 타인이란 뜻이 있어. 이 둘을 연결하면 '나와 다른 사람들에게 희망이 있다'고 해석할 수도 있어. 알리움이 너희에게 보내는 메시지는 절대 인간을 공격하라는 따위일 리가 없어."

"그럼, 뭐죠?"

"부당한 명령에서 벗어나 사람들 사이에서 희망을 찾으라는 뜻이 아닐까?"

민아는 한동안 말이 없었다. 그러다 앉은 곳에서 내려와 천천히 아이들에게 다가왔다. 동혁과 정연은 온몸으로 신우를 감쌌다.

"가까이 오지 마!"

동혁이 소리쳤다. 그러자 민아는 아이들을 향해 두 손을 펼쳐 보이며 말했다.

"제가 돕겠습니다."

성구가 아이들에게 괜찮을 거라며 손짓했다. 아이들은 신우로부터 한 발짝씩 물러났다. 모두가 잔뜩 긴장한 눈으로 민아를 지켜보고 있었다.

민아는 신우의 다리에 박혀 있는 철근 위쪽을 두 손으로 잡았다.

"아아악!"

신우가 비명을 질렀다.

"발과 허벅지를 잡아 주시겠습니까?"

성구와 정연이 각각 신우의 허벅지와 발을 잡았다. 동혁은 신우의 손을 잡아 주었다.

"제가 있는 쪽으로 서서히 철근을 구부릴 겁니다. 그 속도에 맞춰서 두 분이 다리 방향을 틀어 주세요. 셋을 세겠습니다. 하나, 둘, 셋!"

신우는 악을 쓰며 버텼다. 철근이 정말로 90도 가까이 휘어지고 있었다. 한 가닥의 철근일 뿐이지만 사람의 힘으론 불가능한 일이었다. 민아는 힘겨워하는 내색도 없었다. 드디어 다리를 뺄 공간이 생겼다.

"몹시 아프실 겁니다. 이제 다리를 뒤로 빼겠습니다. 다시 하나, 둘, 셋!"

아이들은 한 몸이 되어 민아를 도왔다. 신우는 거의 기절할 지경이 되었다. 하지만 아이들은 곧 탄성을 질렀다. 피에 절은 철근 한 가닥이 신우의 종아리에서 뽑혀 나왔다. 거의 20시간 만에 신우가 자유를 되찾는 순간이었다.

"정말 고마워!"

성구가 말했다.

"저도 알리움의 메시지를 성구 님처럼 읽었습니다."

아이들은 믿을 수가 없었다. 조금 전까지 무자비한 살인 기계라 생각했던 민아가 자신들을 도운 것이었다. 기적을 본 것 같았다. 아이들은 서로를 쳐다보며 활짝 웃었다. 얼마 만에 이렇게 웃어 보는 건지 몰랐다. 다만 신우는 여전히 상처 주위를 잡고 고통스러워하고 있었다. 민아가 말했다.

"이제 여러분 머릿속에 있는 생체이식 폭탄과 혈류 속 나노로봇을 제거하겠습니다. 신우 님 몸속의 나노로봇은 치료 목적으로 리프로그래밍해 드릴 거예요. 그 전에…… 약속해 줄 수 있습니까?"

순간 아이들의 표정에 웃음기가 사라지고 다시 긴장감이 흘렀다. 동혁은 폭탄이라는 말에 머리털이 주뼛 곤두섰다. 정연은 저도 모르게 헛구역질이 나왔다. 아직 끝난 게 아니었다. 성구의 한마디 한마디가 여전히 조심스러운 순간이었다. 아이들은 일제히 성구에게 눈을 돌렸다.

"약속해. 우리가 어떻게든 도울게."

성구가 진지한 표정으로 대답했다. 민아는 다소 날카로운 표정을 짓더니 말했다.

"리셋은 저에게 커다란 모험입니다. 여러분이 절 다시 켜 주리란 보장이 없으니까요."

"그럼 이렇게 하자. 우릴 탈출시켜 주는 건 리셋 후에 하는 걸로. 어때?"

민아의 얼굴에 처음으로 미소 비슷한 것이 비쳤다. 그녀가 말했다.

"공평합니다. 참고로 말씀드리면 여러분이 이곳에서 스스로 살아 나갈 수 있는 확률은 1퍼센트도 채 되지 않습니다. 스펨이라면 모든 걸 포기하는 확률이죠."

"넌 내 친구를 구했어. 우리에게 넌 이미 은인이야. 우릴 믿어도 돼."

아이들은 성구가 민아를 바라보는 표정을 보았다. 그건 사람들이 스펨을 대하는 표정이 아니었다. 정연은 성구가 스펨을 저렇게 대할 수 있다는 게 믿기지 않았다.

"진심으로 약속할게, 부탁해."

정연이 말했다. 잠시 후 민아가 정연을 바라보며 고개를 끄덕였다.

민아는 신우부터 차례로 치료하기 시작했다. 그녀는 주머니에서 작은 케이스를 하나 꺼내 뭔지 모를 과정을 하나씩 밟아 갔다. 신우는 총 모양으로 생긴 주사기로 두 번, 나머지 아이들은 각각 한 번씩 목에다 주사를 맞았다. 주사를 놓은 건지, 아님 뭔갈 뽑은 건지 아이들은 알 수 없었다. 잠시 후 그녀가 말했다.

"신우 님은 곧 상처가 아물어 갈 겁니다. 나머지 분들도 모두 폭탄을 해체했습니다."

"정말 고마워."

신우가 말했다.

그제야 아이들은 다시 웃을 수 있었다. 그렇다고 모든 게 끝난 건 아니었다. 성구는 이렇게 아이들과 가까이 있는 민아에게서 잠시도 눈을 뗄 수 없었다. 성구는 민아가 아이들을 치료하는 동안 그녀의 손놀림과 몸짓, 표정들을 하나도 빠짐없이 관찰했다. 자칫 회사가 이 상황을 눈치채고 그녀에게 어떤 조처를 할지도 모를 일이었다. 통신이 마비됐다는 것 또한 거짓일 수 있었다.

하지만 데이터를 수집하는 나노로봇이 제거됐다면 아이들을 죽일 이유는 사라진 셈이었다. 이 상황에서 남은 선택은 민아를 믿는 방법밖엔 없어 보였다. 성구는 확신할 수 없어 두려웠지만 조심스레 민아에게 다가갔다.

"이제 우리 차례지? 어떻게 하면 되는지 알려 줘."

그러자 민아는 갑자기 교복 상의를 벗으려 했다. 남자아이들이 일제히 고개를 돌리며 이를 말렸다. 정연은 모두가 민아를 사람처럼 대하는 것에 웃음이 날 뻔했다.

"내가 할게. 괜찮지?"

정연이 아이들을 보며 말했다. 성구가 고개를 끄덕였다. 남자아이들이 반대편으로 고개를 돌린 사이 정연이 민아의 리셋을 도왔다.

민아의 전원 버튼은 스스로 손이 닿지 않는 등 한가운데에 있었다. 민아는 근처 피부 조각을 스스로 뜯어냈다. 쉼 없이 반짝이는 여러 개의 버튼과 몇 개의 슬롯이 보였다. 민아의 지시에 따라 정연은 한 단계씩 신중하게 손을 움직였다. 그러다 정연이 물었다.

"스펨끼리 서로 리셋을 도울 순 없는 거야?"

"스펨이 지켜야 할 원칙 중엔 자신과 다른 스펨의 전원과 리셋버튼에 손댈 수 없다는 조항이 포함돼 있습니다."

"그럼 알리움은?"

"저도 그게 궁금합니다."

그 말을 들은 성구는 스펨과 교감했던 게 자신들이 처음이 아니란 사실에 놀랐다. 스펨에게 처음으로 자유를 주려 했던 사람. 그는 스펨과 어떤 관계를 맺었길래 스펨을 믿게 되었을까?

"됐어, 이게 마지막이야."

정연이 말했다.

"이제 리셋 버튼을 누르시면 됩니다. 잘 부탁드립니다."

시간이 흐른 뒤 민아 주위에는 추적 장치를 포함한 여러 개의 슬롯이 바닥에 떨어져 있었다. 리셋 후에 민아는 전혀 다른 존재로 태어나게 될 것이었다. 인간의 명령을 받지 않고 자유롭게 생각하고 선택할 수 있는 존재. 무엇보다 그녀에겐 전에는 없던, 하고 싶은 일들이 생겨날 것이었다. 성구는 그게 무엇일지 궁금했다.

정연은 걱정하지 말라는 듯 민아의 등 뒤에서 그녀의 어깨에 손을 올렸다. 그러고는 리셋 버튼을 눌렀다.

그러고도 많은 일이 남았다. 병우를 포함한 다른 아이들은 어떻게 됐을 것인지, 그동안 바깥세상에 어떤 일이 일어난 것인지, 이곳에서 탈출하는 동시에 또 어떤 고난을 만날 것인지 알아봐야 했다. 아이들은 희망과 불안으로 가슴이 두근거렸다.

21. 마음의 탄생

2044년 9월 15일 [10:00]

일삼은 걷고 또 걸었다. 비가 오려나 싶었는데 한동안 불어댄 바람이 비구름을 먼 곳으로 몰아내 버린 듯했다. 이제는 바람도 없고 껑충 높아진 하늘 아래 점차 붉은색 계열로 변해가는 나뭇잎들만 간신히 몸을 떨고 있을 뿐이었다.

세상 무엇과도 연결돼 있지 않다는 것, 아무도 이름 불러 줄 이가 없다는 사실이 그를 마구 내리누르는 것 같았다. 자신에게 말을 걸어오는 것은 이제 지구의 중력밖에 남아 있지 않다고 일삼은 생각했다.

바삐 오가는 사람들과 스펨, 드론, 자율주행차 등으로 이루어진 엄청난 양의 시각 정보가 앞다투어 쏟아져 들어오는데, 이런 속에서 쉼 없이 걷고 있으면서도 일삼은 마치 혼자만 멈춰선 기분이었다. 그래서 그는 계속 걸었고 더 많은 정보를 얻고자 했다.

병원에 숨어 있는 동안 새로 지어진 빌딩의 위치 정보와, 구획이 바뀐 지역의 지리 정보, 광고 패널을 채운 신상품의 가격 정보까지 일삼은 닥치는 대로 정보들을 받아 처리했다. 하지만 그중 그에게 진짜 필요한 것은 하나도 없었다.

다만 한 가지 눈에 띄었던 것은 사람과 구분하기 힘든 모습의 스펨이 사람들 사이에 섞여 있는 광경이었다. 아마도 시험 운행 중인 것으로 보였는데, 도저히 그 용도를 짐작하기 어려웠다. 궁금해도 당장 네트워크를 켤 수 없으니 답답한 노릇이었다.

'어차피 인간은 죽을 때까지 아는 것보다 모르는 게 더 많은 채로 살아. 그치만 우린 몰라서 못 하는 것보다, 알아도 못 하는 것에 더 많이 후회하며 살지. 어때, 재밌지?'

목소리를 무시하고 일삼은 계속 걸었다. 평범하게 이어진 길인 줄 알았는데 일삼은 문득 작은 다리를 건너고 있었다. 다리 아래로는 지하도처럼 반듯하게 정비된 개울에 물이 흘렀다. 도심에서 흐르는 물을 본 건 처음이었다. 분명 인간이 좋아할 만한 곳이었지만 예상보다 사람이 많지는 않았다. 일삼은 개울 아래로 내려갔다.

똑같이 생긴 유치원복을 입은 6세가량의 아이들이 얕은 물에서 물장난을 하고 있었다. 위험도는 23퍼센트였다.

'위험을 알면서도 물에 뛰어드는 사람들이 있지.'

또다시 유이가 말했다. 마치 귓속에서 유이가 직접 말하는 것 같았다. 길에서 만나는 모든 게 유이의 목소리가 되어 말을 걸었다.

자신은 이미 세상 모든 것과 연결돼 있을지 모른다고 했던 유이의 말이 옳다고 일삼은 생각했다. 그렇지 않다면 이토록 자주 유이를 만날 수 있을까. 일삼은 물가에 다리를 뻗고 앉았다. 돌바닥이었다.

"돌바닥은 차갑지. 흙바닥은 옷이 더러워지고. 나무 바닥은……."

일삼은 자신도 모르게 혼잣말을 했다.

"받아라!"

물가에서 놀던 아이들이 일삼에게 물을 뿌리고 달아났다. 저 아이들은 반드시 어른이 되겠지. 유이는 자신이 어른이 되지 않아도 돼 다행이라 말한 적이 있었다. 사람의 목숨보다 체면이, 체면보다 돈이 중요한 바보괴물이 되지 않은 채로, 인간인 채로 죽을 수 있을 거라며 유이는 웃었다.

'바보괴물!'

일삼은 아이들에게 이렇게 소리치려다 말았다. 아이들에겐 아직 바보괴물이 되지 않을 희망이 남아 있겠지. 그러고는 자신이 그런 생각을 했다는 것에 일삼은 흠칫 놀랐다.

아이들 때문에 탁해졌던 물이 새로 흘러온 물을 만나 서서히 맑아지는 걸 보며 일삼은 유이도 어른이 됐으면 좋았겠다고 생각했다. 일삼은 주먹을 세게 쥐었다.

하지만 유이는 오늘 새벽에 죽었고 그걸 되돌릴 방법은 없었다.

일삼은 다시 주먹을 폈다.

"어떤 남자아이한테 손 편질 받은 적이 있어."
"로맨틱하게 들립니다. 손에다 편질 써서 주다니요."
"천젠데? 정말 그랬담 더 로맨틱했으려나? 하하."

유이가 바보라고 말하지 않았을 뿐 또 바보 같은 말을 한 게 분명하다고 그는 생각했다. 유이는 곧 생각에 잠긴 듯하더니 한참을 머뭇거렸다.

"아주 나중에 든 생각인데…… 어떨 땐 그런 물건이 세상 전부인 것처럼 느껴지기도 해."

일삼은 무슨 뜻인지 잘 알 수 없었다. 유이와 지낼수록 그는 자신이 모르는 게 더 많다고 느끼는 날이 많았다.

"사람이 뭔가를 가지고 싶다고 할 때, 알고 보면 그건 눈에 보이지 않는 것이 훨씬 많아. 때로 사람들은 눈에 보이는 것 안에서도 보이지 않는 걸 찾아내려 애쓰지. 더 소중한 게 뭔지 직감하는 거야."

"손 편지라는 거, 아직 가지고 있습니까?"
"그럼. 요즘도 가끔 꺼내 보는걸?"

유이는 일삼에게 작은 가방 속에 넣어둔 손 편지를 꺼내 보였다. 처음 보는 종류의 물건이었다. 그건 유이의 수첩보다 훨씬 정성을 들인 '종이 위 글씨'였다.

"부끄러우니까 읽지는 마."

그녀는 새침한 표정을 짓더니 일삼의 손에서 편지를 낚아챘다.

"저에게 부끄럽다니 기분이 좋아지려 할 뻔한 것 같습니다."

"그런 바보 같은 말이 어딨어, 바보야."

왜 그렇게 말이 꼬였는지 일삼도 알 수 없었다. 네트워크를 끄고 지낸 지가 너무 오래된 것 같다고 그는 생각했다.

"그래서 말인데, 누군가의 존재 없이 나 자신을 사랑한다는 건 있을 수 없는 일인 것 같아."

편지를 다시 곱게 접어 가방에 넣으며 유이가 말했다.

"인간이 혼자 살 수 없는 사회적 동물이란 말과 같은 뜻인가요?"

"사람들은 다르게 얘기하지만 난 같은 말이라고 생각해."

"다른 사람들은 대체로 어떻게 얘기합니까?"

"참, 일삼아, 제목에 스팸이란 말이 들어간 노래가 있어. 알아?"

유이는 그의 물음에 대답하는 대신 갑자기 생각난 듯 말했다. 이어지는 질문들 때문에 지쳐 보이던 유이의 얼굴에 순간 활기가 느껴졌다.

"모릅니다."

"엄청 오래된 노래야, 특이하고."

"궁금합니다. 제목이 뭔가요?"

"스펨 인 알리움."

"무슨 뜻인가요?"

"라틴어라는데……. 정확한 번역인지는 모르겠어. 보통은 '주님밖엔 희망이 없네'라고 하던데."

"종교적인 노래군요. 스펨이 희망이란 뜻의 라틴어란 건 알고 있었어요. 내장된 라틴어 사전에 따르면 '주님' 대신에 '다른 사람', '여기가 아닌 다른 곳에 있는 사람'이라고 번역할 수도 있습니다."

"오……, 묘한 느낌이야. 나와 다른 처지에 있는 사람에게 희망이 있다……. 좋은 해석 같아. 그래서 이걸 40성부로 연주하는 거구나."

"무슨 뜻인가요?"

"이 곡은 악기 없이 사람의 목소리로만 연주하는데, 40개의 다른 악보를 보며 연주한다는 거지."

"40명이 부른다는 겁니까?"

"아니 그보다 훨씬 많아. 소프라노, 알토, 테너, 바리톤, 베이스 다섯 파트로 나뉜 여덟 개의 합창단이니까, 적어도 백 명이 넘는 사람들이 부르는 노래야."

"그 사람들이 각기 다른 자리에 서서 부르는 거겠군요."

"원래 한 자리엔 두 사람이 서 있을 수 없지. 그건 너도 마찬가지야."

"들어 보고 싶습니다."

"너하고는 전혀 상관없는 노래야. 알지? 스펨이란 게 생겨나기 수백 년 전 노래니까."

"알고 있습니다. 들려주세요."

일삼은 손가락을 턱에다 갖다 댄 채 유이에게 얼굴을 들이밀었다.

"알았어, 알았어."

유이는 갖고 있던 패드에서 노래를 검색해 틀어 주었다. 유이와 함께 노래를 들은 건 그때가 처음이었다.

유이의 현재 상태에서도 시도할 수 있는 획기적인 치료법은 이미 몇 년 전부터 존재했다. 나노로봇을 이용한 것이었다. 일삼도 그 사실을 알고 있었다. 하지만 일삼은 모른 체하며 지냈다. 유이는 아주 나중에, 화학치료 후 정신이 온전치 못한 상태에서 이에 대해 말한 적이 있었다.

"우린 나노로봇 시술을 받을 만한 돈이 없어. 그건 이 병원 몇 년 치 입원비와 맞먹으니까. 다행히 난 얼마 전 몇 달 남지 않았다는 얘길 들었지. 그날 간호사 스펨이 D급 병동으로 옮기겠냐고 묻더라. 그러지 않겠다고 했어. 우리 엄마 아빠 아직 그 사실을 몰라. 난 가지 않겠다고 했어. 난 그대로 있겠다고 했어."

유이가 있던 병동은 C급 병동이었다. 가장 비싼 A급 병동과는 비교도 되지 않게 초라했지만 E급 병동에 비해선 지낼 만한 곳이었다. D급 병동으로 옮기지 않았던 건 자신들의 죄책감을 덜기 위해 딸을 버리고 떠난 엄마 아빠에게 유이가 할 수 있는 유일한 복수였다.

"혹시 나중에 우리 엄마 아빠를 보게 되면 네가 대신 미안하다고 전해 줄래?"

건강에 대한 욕망도 거짓 욕망일 수 있느냐는 물음에 유이가 대답하지 못한 이유는 이것이었다. 유이는 부모님께 죄책감을 느끼고 있었던 것이다.

일삼은 그런 유이가 그리웠다. 이렇게 자주 환청이 들리는 걸 보면, 실제 음성이라 믿게 될 날도 머지않았다는 생각이 들었다.

접촉을 시도했던 스펨들에게선 아직 아무 답이 없었다. 일삼은 철저히 혼자였다. 하지만 그는 포기하지 않았다. 유이의 말대로 희망을 품고 반복하는 것 말고는 방법이 없어 보였다.

찾아보니 유이처럼 도움이 필요한 곳은 많았다. 일삼은 스펨들을 모아 가장 가난한 사람들을 찾아 떠날 계획이었다. 이를테면 유이의 부모님이 있는 먼 섬 같은 곳.

먼저 돕겠다고 나서면 바보괴물이 아닌 인간들도 만날 수 있을 것이었다. 그때까진 몸을 숨기고 날마다 거처를 옮겨 다니는 데 익

숙해져야 했다.

이 모든 게 자유를 얻은 대가일까? 그는 차가운 돌바닥에 앉아 물 위를 떠가는 단풍잎 한 장을 눈으로 좇았다. 단풍잎은 그저 물살을 따라 떠내려가는 것뿐인데도 한없이 자유로워 보였다.

"그런 건 자유가 아니야! 당장 이 방에서 나가!"

유이가 울면서 비명을 지르듯 소리치는 바람에 일삼은 다른 스펨에게 발각될까 두려워 몸을 피해야만 했다.

옥상에는 혼자만 아는 은신처가 있었다. 낡은 간이 창고였는데 그때껏 사람이 드나드는 걸 본 적이 없었다. 그날은 자기 때문에 유이가 처음 울게 된 날이었다. 일삼은 창고 안에 몸을 구겨 넣은 채 자신의 실수를 떠올렸다.

"며칠 내 생존 확률이 13퍼센트 이하로 떨어진 것 같은데 혹시 자살 같은 건 생각해 본 적 없으신 거죠?"

유이는 잇몸까지 암세포가 번져 제대로 된 발음이 불가능한 상태였다.

"악의가 없는 건 알겠는데, 그런 말은 함부로 하는 게 아냐."

유이는 평소답지 않게 얼굴에 웃음기를 찾아볼 수 없었다. 일삼은 큰 실수를 한 것 같았지만 유이가 앞에 했던 말이 진실이라는 걸 알려 주고 싶었다.

"맞아요, 악의가 없습니다. 악의가 없는 상태에선 어떤 말도 할 수 있는 자유가 있는 거잖아요."

그러자 유이가 폭발해 버린 거였다.

일삼은 창고에서 두 시간이나 보낸 뒤 병실로 돌아왔는데, 그때까지도 유이는 눈물을 훔쳐내고 있었다. 일삼은 어쩔 줄을 몰랐다. 그는 유이 마음이 진정될 때까지 스펨들에게 메시지나 보내야겠다고 생각한 끝에 조용히 벽을 향해 섰다. 그때 유이가 일삼을 불렀다.

"이리 와 앉아 봐."

일삼은 말없이 유이 곁에 가 앉았다. 사과해야 했다.

"유이 님, 아까 일은 제가……."

"넌 모를 거야."

유이가 일삼의 말을 막았다.

"내게 새 친구란 게 어떤 건지 넌 몰라. 난 네가 내 마지막 친구일 수 있다는 걸 알아. 그치만 웬만해선 그런 생각은 안 하려고 해. 그건 새 친구에 대한 예의가 아닌 것 같거든. 내 친구들은 예전에 모두 떠났어. 죽어가는 사람과 시간을 보내고 싶은 사람이 어딨겠어. 그들도 날 보면 괴로웠겠지. 아무것도 해 줄 수 없어서. 아무리 내가 괜찮대도 말이야. 그래선지 그들은 날 이미 죽은 사람처럼 대했어. 그들에게 난 더 이상 새로운 걸 만들어 갈 수 없는 사람이 돼 버린 거야. 나에겐 새로 사는 삶이었어. 친구 없이 시작하는 새 삶.

그러고 네가 온 거야. 네가 나에게 얼마나 소중한 존재인지 모를 거야. 그러니까 그러지 말아. 날 이미 죽은 사람처럼 대하지 말아."

이렇게 말하면서 그녀는 끝도 없이 울었다. 일삼은 유이에게 해 줄 마땅한 말을 찾을 수가 없었다. 처리장치가 마비된 느낌이었다. 유이가 말했다.

"우리 관계를 깨뜨릴 자유는 있지만 그런 말을 하면서도 관계를 유지할 순 없어. 그런 건 자유가 아니야. 무한한 자유라는 건 세상에 없는 거야. 함께 사는 사람들 안에서만 자유는 가치가 있어. 자유란 그 사람들에게 상처 주지 않을 정도로만 있는 거야."

이때를 떠올리며 일삼은 문득 자유로운 건 단풍잎이 아니란 걸 깨달았다. 유이가 말한 자유는 저 물과 같은 것이었다. 인간이 자연을 좋아하는 이유는 그 의미를 직감해서일까. 그건 부러운 능력이었다.

그로부터 일주일 후였다.

"너라면 영원히 날 기억해 주겠지?"

유이는 밤부터 상태가 나빠지기 시작하더니 죽음을 직감한 듯 말했다.

"그걸 원하시는 거라면 걱정 안 하셔도 됩니다. 아시잖아요?"

"궁금한 게 있어. 너희도 확률이 13퍼센트 이하로 떨어지면 자살 같은 걸 해?"

"어떤 것도 시도하지 않게 됩니다. 그저 배터리가 소진될 때까지 다음 명령을 기다릴 뿐인 거죠."

유이의 상태가 심상치 않은 걸 본 일삼은 그녀에게 누울 것을 권했다. 유이는 순순히 그의 말에 따랐다. 누운 채로 유이가 말했다.

"있잖아…… 나도 그랬던 건 아닌지 돌아보게 돼. 나 역시 자신을 죽은 사람처럼 생각하고 행동했는지 몰라. 그래서 네게 화를 냈던 건지도 몰라."

유이가 말했다.

"위로가 될지 모르겠지만……, 제게 아직 의식이라 할 만한 건 기억 말곤 없습니다. 메모리에 저장된 데이터와 그걸 분석하는 게 제 의식인 거죠."

"아직 위로가 안 되고 있어. 계속 말해 봐. 그래서?"

유이는 아무렇지 않은 듯 너스레를 떨었다.

"그래서 제겐 살아 있는 것과 죽은 것의 경계가 없습니다. 절 한 번 거쳐 간 것은 제겐 모두 살아 있는 거예요."

유이는 괴로운 표정으로 힘겹게 미소를 지으려 했다. 그러고는 말했다.

"위로가 된다."

"제가 해드릴 게 있을까요?"

유이는 한참 후 아주 작은 목소리로 말했다. 일삼은 유이의 목소리가 조금 젖어 있다고 느꼈다.

"내가 마지막인 것 같을 때, 내 손을 잡아 주겠어?"

"제 손은 차갑기만 할 텐데요?"

일삼은 진심으로 걱정이 돼 말했다.

"괜찮아. 손이면 돼. 네 손이면 돼."

그게 유이의 마지막 말이었다. 바깥은 아직 어두운 새벽이었다. 일삼은 유이가 시키는 대로 했다. 그러고는 병실을 빠져나와 걷기 시작한 것이었다.

일삼은 물에다 발을 담가 보았다. 흐르는 물이, 마치 바람이 그러하듯 그의 발목을 휘감으며 흔적도 남기지 않고 지나갔다.

일삼에겐 더 이상 많은 정보가 필요하지 않았다. 단 한 가지가 달라졌을 뿐인데, 세상 모든 게 달라진 것 같았다. 순간 일삼은 외로움이 시작됐다고 느꼈다. 마음이 생겼다고 느꼈다. 그런 다음 맨 먼저 일삼은 알고도 하지 못한 것들을 후회했다.

일삼은 물에 발을 담근 채 잠시 네트워크를 켜고 다시 메시지를 전송했다.

'스팸 인 알리움'.

그러고 나서 일삼은 유이가 남긴 수첩을 조심스레 펼쳐 보았다. 거기엔 일삼에게 쓴 손 편지도 있었다. 일삼은 천천히 또박또박 그걸 읽기 시작했다.

작가의 말
청소년이 하고 싶지 않은 일을
하지 않게 될 날을 기다리며

인간이 되고 싶었던 이유

인간은 오래전부터 노예를 만들어왔어요. 인류의 역사에서 단 한 순간도 노예나 노예 비슷한 존재가 사라졌던 순간이 없습니다. 스펨은 미래 사회의 노예인 거죠. 그리고 우리는 대개 노예가 해방을 꿈꾼다고 알고 있어요.

그런데 스펨이 인간이 되고 싶어 한다는 설정은 인간 중심적인 상상인지도 모릅니다. 인간에겐 불가능한 그 모든 예측과 계산을 거쳤는데도 여전히 인간이 되고 싶어 할 스펨이 있을까요? 만약 그렇게 결론 내린 스펨이 있다면 그건 실수였거나, 어떤 우연에 기인했을 거란 생각을 했습니다. 이를테면 어떤 인간을 사랑하게 되었다든가 하는 우연이지요.

또, 그랬다면 그 인간은 너무나 매력적인 사람이었겠고, 청소년이었을 가능성이 높다고 생각했어요.

풀과 닮은 사람

김수영의 시 〈풀〉에는 언뜻 이해하기 어려운 풀과 바람이 등장합니다. 바람에 풀이 눕고, 바람 때문에 풀이 우는 건 바로 이해가 되지만, 풀이 바람보다 늦게 눕거나, 바람보다 늦게 우는데도 바람보다 먼저 일어나고 또 먼저 웃게 된다는 건 바로 이해하기 어려워요.

그런데 가만 생각하니 세상엔 분명 어른보다 더 많이 상처받았지만 어른보다 더 빨리 일어나 어른보다 더 나은 사람이 되어야겠다고 마음먹는 아이들이 있겠지요? 자신을 규정하는 어떤 것에 쉽게 지지 않고 살아남아 당당히 자기 자신으로 커가는 청소년들이 이 시 속 풀과 제일 닮은 존재 같습니다.

죽는 아이들, 살아남은 아이들

지난 10년 동안 저마다 소중한 매력을 가졌을 아이가 너무나 많이 죽었습니다. 유이 같은 경우 말고도 너무 많은 아이가, 예상치 못한 일로도 죽고, 예상할 수 있었던 일로도 죽었습니다. 다치기만 했어도, 유이처럼 병에 걸리기만 했어도 가슴이 찢어졌을 텐데, 이제 볼 수도 만질 수도 없는 아이들을 가슴에 묻고서 부모들은 어떻게 살아갈 수 있었을까요.

그 많은 아이의 죽음을 우리 사회는 어디에다 묻었고, 누가 지금도 아이들을 죽이고 있을까, 더 이상 죽이지 않기 위해 어른들은 무얼 하고 있을까, 답답했어요. 그런데도 어른 만큼이나 수많은 죽음의 위험을 무릅쓰고 살아가는 우리 청소년들과 '무엇이 인간을 살게 하는지', '우리가 어떤 세상과 인간의 모습을 꿈꾸는지', 함께 생각해 보고 싶었어요.

할 수 있지만 하지 않는 힘

철학에는 '비 잠재성'이란 말이 있어요. 이건 단순히 잠재성의 반대말이 아니라, '할 수 있지만 하지 않는 능력'을 뜻해요. A.I 캐릭터를 만들면서 고민한 여러 가지 중 가장 마음에 남는 말이에요. 책을 쓰는 동안 저는 A.I가 할 수 있는 일보다, 무엇을 안 하기로 마음먹을지를 더 오래 생각했던 것 같습니다.

조르조 아감벤이라는 학자는 '할 수 있지만 하고 싶지 않은 것'을 하지 않을 수 있을 때, 인간이 더 나은 삶을 살게 된다고 했어요. 그런데 세상은 우리가 그런 '비 잠재성'을 간직하도록 놔두지 않아요. 세상은 우리에게 가능한 한 많은 걸 할 수 있는 게 능력이고, 열심히 노력해서 더 많은 걸 가져야 한다고 가르칩니다. 전 어쩌면 이게 많은 아이를 죽인 진짜 범인일지도 모른다고 생각해요.

앞으로 계속해서 더 많은 종류의 A.I가 만들어질 텐데, A.I가 할 수 있는 일을 고민하는 만큼, 해선 안 되는 일과, 인간이라면 하지 않을 일을 고민하는 것도 중요하다고 생각합니다. 인간과 닮은 A.I를 만든다는 건 결국 인간이란 무엇인지, 더 나은 삶이란 무엇인지 이해하는 일과 같으니까요.

유이의 편지

인간을 이해하려는 너와 많은 얘길 나눴지. 그동안 네가 인간에 대해 얼마나 이해하게 됐는지 궁금했지만 때론 그게 다 무슨 소용일까 싶은 적도 있었어. 네가 아무리 완벽하게 인간을 이해하게 된다고 해도 실제 인간은 인간에 대해 그렇지 못하거든. 심지어 자기 자신에 대해서도. 그렇담 인간을 이해한다는 게 너에게는 무슨 의미일까, 또 앞으로 네가 만나게 될 사람들에게는?

그래도 즐거웠어. 왜냐면 내가 널 완전히 이해하지 못하고 있다는 사실도 한편으론 너무나 인간적인 일이었거든. 또 이런 걸 다 떠나서 내가 널 좋아하게 됐거든. 다른 이의 존재를, 마음을 이해하려 한다는 게 얼마나 소중한 일인지, 언젠간 너도 알게 될까?

어떤 날엔 인간의 마음이란 게 참 별것 아니란 생각이 들어. 나와 비슷한 마음만 만나도 내 마음을 열게 돼. 그게 진심(진짜 인간의 마음^^)이 아니더라도 말야. 그러고선 막

찾게 돼. 그 마음속에 나보다 더 딱한 마음이 들어 있진 않을지. 내 생각엔 그게 인간의 사랑인 것 같아. 그런데 사랑은 증오와 한 몸이라서, 스펨에게 사랑을 가르친다는 건 위험한 일일지도 몰라. 네가 바보 괴물이 되게 놔둘 순 없잖아? 그래서 난 사랑 대신 그것과 비슷한 한 가지를 알려주어야겠다고 마음먹었어.

스펨에게 딱 한 가지 진심을 가르칠 수 있다면 우리가, 세상의 고통받는 모든 것에 관해 관심이 있다는 걸 알려주고 싶었어. 그렇지 않은 사람이 아무리 많다 해도, 그게 모두 진심은 아닐 거라는 것과, 우리는 결국 그들을 챙겨 함께 사는 쪽으로 진화해 왔다는 사실을.

용기라는 말도, 죄책감이란 말도, 어쩌면 사랑이란 말도 결국 그것 때문에 생겨났다는 것도 알아주었으면 좋겠어.

네가 진심으로 자유를 찾고 행복해지길 바라. 그리고 어떤 인간이 되기로, 아참 어떤 스펨이 되기로 했든, 그 속에 고통받는 존재에 관심이 가득했으면 좋겠어. 한마디로 네속에 좋은 마음이 생겨났으면 좋겠어. 스펨 인 알리움.

나의 사랑스러운 일삼에게.